LA LÉGENDE DE
SARILA

Catalogage avant publication de Bibliothèque et Archives nationales du Québec et
Bibliothèque et Archives Canada

Bernard, Marielle
  La légende de Sarila
  Pour les jeunes de 8 à 12 ans.
  ISBN 978-2-89579-511-7
  I. Titre.

PS8603.E732L43 2013   jC843'.6   C2012-942446-3
PS9603.E732L43 2013

Dépôt légal – Bibliothèque et Archives nationales du Québec, 2013
Bibliothèque et Archives Canada, 2013

Inspiré du long métrage « La légende de Sarila » produit par 7137443 Canada inc. et 9129-4181 Québec inc.
Distribué au Canada par Alliance Vivafilm.

Direction éditoriale : Yvon Métras
Texte de Marielle Bernard, d'après le scénario original de Pierre Tremblay et de Roger Harvey
Illustrations de la couverture et des pages intérieures : Fil (Philippe Arseneau Bussières)
Révision : Suzanne McMillan
Mise en pages et couverture : Mardigrafe inc.

© 7137443 Canada inc. — 9129-4181 Québec inc. (2013) Tous droits réservés.

© Bayard Canada Livres inc. 2013 pour la présente édition, sous licence de 7137443 Canada inc.
et 9129-4181 Québec inc.

Nous reconnaissons l'aide financière du gouvernement du Canada par l'entremise du Fonds du livre
du Canada (FLC) pour des activités de développement de notre entreprise.

 Conseil des Arts **Canada Council**
        du Canada **for the Arts**

Bayard Canada Livres inc. remercie le Conseil des Arts du Canada du soutien accordé
à son programme d'édition dans le cadre du Programme des subventions globales aux éditeurs.

Cet ouvrage a été publié avec le soutien de la SODEC. Gouvernement du Québec –
Programme de crédit d'impôt pour l'édition de livres – Gestion SODEC.

 carpediem
Film&TV

 10ᵉ ave
PRODUCTIONS

 Bayard
CANADA

CarpeDiem Film & TV inc.
420, rue Beaubien Ouest
Bureau 204
Montréal (Québec) Canada H2V 4S6
Téléphone : 514 270-2522
carpediemfilmtv.com

Productions 10ᵉ Ave inc.
209, rue Jean-Juneau
St-Augustin-de-Desmaures
(Québec) Canada G3A 2W1
Téléphone : 418 877-0101
10ave.com

Bayard Canada Livres
4475, rue Frontenac
Montréal (Québec) Canada H2H 2S2
Téléphone : 514 844-2111 ou
1 866 844-2111
bayardlivres.ca

Imprimé au Canada

Offert en version numérique
» 978-2-89579-900-9
numérique bayardlivres.ca

lalegendedesarila.com

LA LÉGENDE DE
SARILA

Texte de **Marielle Bernard,** d'après le scénario original de
Pierre Tremblay et de **Roger Harvey**

Illustrations de la couverture et des pages intérieures de
Fil (Philippe Arseneau Bussières)

Bayard
CANADA

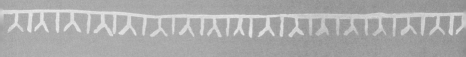

Prologue

Ce jour-là...

Ce jour-là, j'ai bien cru mourir. Une lance est passée à un poil de ma tête et s'est fichée dans le sol tout près de moi. Mais je regardais Apik et je la trouvais si jolie que je ne pouvais plus bouger. Je voyais sa gentillesse, son énergie et son courage. Autant de couleurs qui ondoyaient autour d'elle comme une aurore boréale. Je suis fou des aurores boréales.

Vous en avez déjà vu? Imaginez un immense rideau chatoyant, tendu sur un ciel noir. Le jaune, le rouge et le vert ondulent dans la nuit, illuminant les surfaces glacées. Ça me fait toujours... je ne sais pas trop ce que ça me fait, mais je pourrais assister à ce spectacle pendant des heures. Bien sûr, le plus souvent ça ne dure que quelques minutes. Et puis, je n'ai pas que ça à faire…

Mais je parlais de ce jour-là. Je ne suis pas particulièrement brave, pourtant, ce jour-là, j'étais prêt à affronter Poutoulik et sa lance. La preuve ? Je ne me suis même pas sauvé. D'accord, j'étais un peu paralysé par la peur, mais c'était surtout la beauté d'Apik qui me coupait les pattes. Les pattes, oui ! Eh oui ! Je suis un lemming.

Ça ne m'empêche pas de vouloir me lier d'amitié avec une belle jeune fille. Et là, vous ne me croirez peut-être pas (moi-même, j'en avais les oreilles tout ébahies) : Markussi, son camarade de chasse, m'a adressé la parole dans ma propre langue. J'étais flatté ! Le « lemmignien » n'est pas facile. D'ailleurs, je n'étais pas le seul étonné : Poutoulik s'est même un peu moqué de lui.

- Hé ! Markussi, tu parles aux animaux maintenant ? Tu te prends pour un chamane ?

- Euh… Non, pas vraiment. C'est juste que…

Poutoulik a ri de l'embarras de son ami et lui a donné une tape dans le dos. Apik, elle, semblait aussi intriguée que moi.

J'ai su plus tard que Markussi conversait avec toutes sortes d'animaux. Tant pis si je n'étais pas le seul privilégié, j'étais drôlement soulagé. On ne rencontre pas à tous les détours un interprète juste au bon moment.

Et il était temps parce que Poutoulik nourrissait des pensées extrêmement déplaisantes à mon égard, comme celles de me manger ou de m'offrir en pâture aux chiens de traîneau. J'ai bien assez des renards, des belettes et des oiseaux de proie, sans parler d'un vilain corbeau, qui me courent après sans arrêt !

Heureusement, il a suffi de quelques phrases échangées avec Markussi pour que tout s'arrange.

- Eeeeek tchic eek eek, a dit Markussi.

Ravi, je lui ai répondu :

- Eeeek ! Eeeek ! Eeeeek !

Puis, il m'a invité à grimper sur son dos.

- Eeeeeek ! Eeek ! Eeeeeek ! Tchic eek !

De son épaule aux mains d'Apik, il n'y avait qu'un saut. Et hop! J'étais comblé! Elle caressait ma fourrure en me rassurant d'une voix douce.

- Kimi, Kimi, disait-elle en me gratouillant la tête.

Elle a tout de suite voulu m'adopter. Évidemment, Poutoulik s'y est opposé.

- Allez, Poutoulik, fais plaisir à ta future épouse.

Markussi avait là un bon argument : moi aussi, j'aurais accepté n'importe quoi pour faire plaisir à Apik. Alors, j'ai pu rester à condition de me tenir bien au fond de son capuchon. Pourquoi?

-Tout le monde a faim au campement, même les chiens, a bougonné Poutoulik. Il vaut mieux que personne ne le voie.

Là, j'étais plutôt d'accord avec lui.

- Ne t'en fais pas, Poutoulik, au moins nous ne reviendrons pas au campement les mains vides.

- Tu as raison, Markussi ! Nous sommes de fameux chasseurs ! Au lieu de ramener du gibier, nous rapportons une bouche de plus à nourrir !

Les trois amis se sont regardés et ont pouffé de rire. Alors, j'ai ri aussi.

- Kimi, tu es trop mignon ! a dit Apik.

Et j'ai compris ! Kimi ! Elle m'avait donné un nom ! Kimi ! Je m'appelle Kimi.

Ce jour-là, je vous le dis, a changé ma vie !

Première partie

LA FAMINE

Chapitre 1

Le clan

Sur le chemin du retour, j'ai appris le drame que vivait le clan des trois adolescents. Tous les animaux avaient disparu. Les caribous, les phoques, les lièvres, même les poissons et les oiseaux : toutes les bêtes dont les Inuits se nourrissent. Personne ne comprenait ni pourquoi ni comment. Cela faisait trois lunes que les chasseurs revenaient bredouilles.

Moi, je n'étais pas tellement au courant. Voyez-vous, je suis très occupé tout l'automne et je sors très peu durant l'hiver. C'est vrai qu'à bien y penser je me suis moins senti poursuivi, depuis la fin de l'été. À part, bien sûr, par ce vilain corbeau qui fonçait sur moi comme sorti de nulle part. Qu'est-ce qu'il me voulait, cet oiseau noir ?

Donc habituellement, avant la saison froide, je me construis un nid tout rond, assez confortable, avec des herbes séchées. Puis la neige le recouvre. C'est un bon isolant, la neige. Je trouve ma nourriture sous cette couverture blanche : des petits fruits restés sur le pergélisol, des bouts de saule nain, des herbes. Je suis végétarien, vous comprenez.

Ma vie dans le Nord n'est pas facile, croyez-vous ? Vous avez raison. Mais cette année-là, celle du clan était encore plus difficile. C'est ce que j'ai découvert en arrivant au campement.

Kajuk, le chiot de Mipoulouk (c'est la petite sœur de Markussi), m'a repéré rapidement. Ce sera un bon chien quand il sera grand : il a l'odorat très développé. Il m'a senti tout de suite et Apik a bien été obligée de me présenter à Mipoulouk.

- Voici Kimi, un lemming qui parle.

- Un lemming qui parle !

Mipoulouk était émerveillée. Quelle charmante fillette !

Je trouvais cet accueil plutôt encourageant. Puis, je l'ai aperçu, perché sur l'épaule du chamane : le corbeau ! Le même corbeau qui m'avait si souvent fait peur ces derniers temps. Oh ! Je n'ai pas aimé ça du tout. J'avais l'impression qu'autour de lui et de son maître flottaient des couleurs sombres et malodorantes. Même de loin, caché dans le capuchon d'Apik, j'ai eu envie de me boucher le nez.

- Je sens des forces maléfiques autour de moi qui affaiblissent mes pouvoirs, insinuait Croolik.

C'est tout ce qu'il trouvait à répondre aux chasseurs venus lui demander de ramener les animaux. Et je me disais que les choses allaient vraiment très mal.

Les chamanes sont habituellement des hommes sages. Ils aident les humains et les guérissent quand ils sont malades. Ils soignent aussi les bêtes. Ils ont des pouvoirs que les autres n'ont pas. Je le sais parce qu'ils font souvent appel aux esprits des animaux pour les assister dans leur médecine. Ils communiquent également avec les Grands Esprits comme Sedna, la déesse de la mer.

Mais lui, Croolik, avec son vilain corbeau Kouatak, ne m'inspirait pas du tout confiance.

Un jour, il a osé accuser Markussi d'avoir de mauvaises intentions envers lui-même et le clan. Un peu plus et je bondissais sur son bâton à tête de serpent de mer pour lui mordre son nez crochu ! Mais son oiseau noir me fixait d'un œil mauvais, et je me suis retenu.

J'ai vite appris à reconnaître certains membres du clan. Itak, le chef, prend les décisions importantes et conduit la chasse. C'est le père de Poutoulik. La mère de Poutoulik s'appelle Tayara. Kauji et Jiniak sont les parents d'Apik. Markussi et sa sœur Mipoulouk sont orphelins. Ils vivent ensemble dans une hutte bien rangée où il y a peu d'endroits pour se cacher. Rien n'est parfait... Saya, une vieille femme, habite toute seule et connaît les plantes qui se mangent (un peu comme moi) et celles qui guérissent. Saya enseigne à Mipoulouk tout ce qu'elle sait.

- Quand je serai grande, répétait Mipoulouk, je serai guérisseuse, comme toi.

Et puis, il y a les chiens qui font aussi partie du clan. J'ai toujours évité de me trouver sur leur chemin. Cela dit, je les admire. Quoique je courre vite jamais je ne pourrais faire partie d'un attelage et tirer des traîneaux. Ils sont musclés et tellement forts !

Quand je suis arrivé au campement, plusieurs chiens se battaient férocement pour des bouts de carcasses desséchées. Ils étaient affamés et nerveux. Je les comprenais, mais j'ai vite pris la résolution de toujours faire de grands détours pour passer loin de leurs mâchoires.

Un jour, un husky a pris le chiot de Mipoulouk, à la gorge et l'a secoué comme un bout de viande séchée. C'était un jeu, mais… un jeu dangereux.

C'est un beau clan et je suis heureux qu'Apik
m'ait adopté. Cet hiver-là, cependant, le malheur tournait au-dessus de la tête de ses
membres comme… un méchant corbeau !

Chapitre 2

Kajuk

Il faut que vous sachiez que les corbeaux, comme les chamanes, sont des maîtres de médecine et de magie. Ils ne sont pas mauvais, bien au contraire. L'esprit du corbeau guide la magie de la guérison. Les esprits de beaucoup d'animaux inspirent les chamanes et les humains. Par exemple, l'esprit de la souris (c'est une petite cousine à moi) invite à observer le monde de très près et avec prudence. Mais voilà, les corbeaux et les chamanes forment une équipe, et si l'homme est mauvais, il y a de grandes chances pour que son oiseau lui ressemble.

Après quelques jours au campement, j'avais trouvé le moyen d'aller me dégourdir les pattes. Je suis d'ordinaire hyperactif. Alors dans un capuchon ou même dans une tente, je tournais un peu en rond. Heureusement, mes pattes sont très courtes et ma fourrure assez dense pour que je garde ma chaleur.

Donc je trottinais, de jour comme de nuit, en étant le plus discret possible. J'avais repéré les habitations de la plupart des membres du clan et surtout celle du chamane. C'est une hutte plus grande que les autres et il peut y habiter durant les quatre saisons. Je l'avoue, je l'espionnais. Je me méfiais de sa magie. Je me disais que mes trois amis auraient peut-être besoin de mon aide, un jour ou l'autre…

Un jour, j'avais vu Croolik entrer en boitillant dans la tente du chef Itak. Oui, il a une patte… Pardon, une jambe qui traîne. Je m'étais donc posté derrière la tente pour espionner.

Tayara, la femme d'Itak, attendait un bébé. Or, à cause de la famine, elle devenait de plus en plus faible. Itak s'inquiétait beaucoup et avait fait venir le chamane. L'oreille collée sur les peaux de caribous, j'entendais Croolik psalmodier.

- Kalana sirik kalana, bilenek amaalio-o-o-o, répétait-il. Ou quelque chose comme ça…

Puis, j'ai vu Saya arriver de loin. Elle tenait un bol dans ses mains ; une potion, sûrement. Alors, je me suis faufilé derrière elle, ni vu ni connu. Dans la tente, mes narines ont d'abord été assaillies par l'odeur fade de la tristesse et de la souffrance de Tayara, puis par celle de Croolik, une odeur de moisi. Pouah ! Enfin, quand Saya a enlevé le morceau de peau qui recouvrait son bol, une réconfortante odeur de lichen noir a empli l'air autour de nous.

J'aime bien me régaler de lichen. Il y en a un grand nombre de variétés dans la toundra, mais le lichen noir est rare. Il faut une guérisseuse comme Saya pour le trouver et, surtout, bien l'utiliser.

Avec l'aide de la vieille femme, Tayara a bu la tisane, une petite gorgée à la fois. Saya sentait la détresse du bébé à l'intérieur du ventre de sa maman.

- Si elle ne mange pas mieux bientôt, le bébé va mourir. Quelqu'un parmi notre peuple doit se rendre à Sarila.

Croolik a réagi si brusquement qu'il a failli m'écraser. Il essayait de retenir sa colère, mais elle sortait par tous les pores de sa peau. On aurait dit qu'un rouge sale l'entourait.

- Les esprits m'ont dit que les animaux reviendraient, a-t-il affirmé.

- Il sera trop tard. Nous devons aller à Sarila.

- Tais-toi vieille renarde ! Tu provoques la colère des esprits !

Saya n'avait pas peur de Croolik, c'était évident. Elle le regardait droit dans les yeux. Je me suis dit qu'ils avaient des liens que je ne connaissais pas encore. Il y avait de la rancune dans l'air. Je cherchais un endroit plus sécuritaire quand Itak s'est enfin interposé.

- Laisse-la parler, chamane.

Et elle a répété d'une voix ferme.

- Nous devons aller à Sarila.

Sarila ! Tout le monde connaît cette légende, même les lemmings. Imaginez une terre où l'été est perpétuel et où les fruits, les baies sauvages et les plantes comestibles abondent. Le paradis des petits rongeurs ! Sans parler de la faune : le paradis des chasseurs !

Mais la légende dit aussi que seuls les cœurs purs peuvent y entrer. Je n'étais pas étonné que Croolik s'obstine à ne pas y croire.

- Je crois Saya, a dit faiblement Tayara.

C'était suffisant pour qu'Itak réfléchisse sérieusement à la proposition de la guérisseuse. Et c'est à ce moment-là que Kajuk a fait basculer, sans le vouloir, le destin du clan.

Le petit chien se plaignait si fort, au-dehors, que je suis sorti le premier de la tente sans me soucier d'être vu. Que voulez-vous, je suis curieux. Couchée par terre, Mipoulouk tenait Kajuk dans ses bras. D'autres membres du clan formaient déjà un demi-cercle autour de la fillette et de son chiot. Kauji, le papa d'Apik, appelait le chamane au secours. Et moi, je me dissimulais à travers le rassemblement au risque d'être piétiné. Je voulais tout voir.

Ce qui a suivi était vraiment incroyable. Croolik a surgi de la tente d'Itak en clopinant le plus rapidement possible. Il s'est dressé devant Mipoulouk. La pauvre petite l'implorait de sauver son chiot. Mais il a pointé Kajuk d'un air inspiré, et il a clamé :

- Les esprits m'envoient un signe. Ce chien est possédé. Il faut le sacrifier !

Un silence de mort s'est abattu sur le clan, tandis que s'enflaient les plaintes de Kajuk et les pleurs de Mipoulouk.

Moi, j'étais dans tous mes états. Il me semblait que les sacrifices d'animaux, ça ne se faisait plus. D'ailleurs personne autour de moi ne semblait d'accord avec le chamane. Nous étions tous figés d'étonnement.

- Donne-le moi.

C'était Markussi ! Il avait entendu les pleurs de sa jeune sœur et était accouru.

- Ce chien vivra, a-t-il ajouté en regardant Croolik comme s'il essayait de lire dans ses pensées.

Si le chamane avait eu deux fusils à la place des yeux, Markussi serait tombé raide mort. Mais devant tous les membres du clan, Croolik a cédé le pas.

Là, j'ai appris que mon ami Markussi, non seulement parlait ma langue, mais aussi celle des chiens. Après un court dialogue que j'aurais du mal à répéter sans un terrible accent, Kajuk s'est calmé et Markussi lui a enfoncé la main dans la gorge.

Un os ! Un tout petit os que Kajuk avait avalé de travers. Tout le mal venait de là. Voilà pourquoi je ne mange que des fruits et des plantes.

Le chiot gambadait de joie, complètement rétabli et le clan félicitait bruyamment Markussi. Moi, j'observais Croolik.

C'était un spectacle impressionnant ! Ses émotions passaient de l'humiliation à la jalousie et à la rage. Du jaune, du vert et du rouge semblaient dégouliner sur sa peau. On aurait dit une aurore boréale engluée dans de la vase…

Puis son visage, crispé par le désir de cacher ses pensées, s'est détendu. La bouche de Croolik s'est étirée dans un sourire si mauvais que j'en ai eu des frissons. Il élaborait un plan maléfique, j'en étais sûr. Mais lequel ?

Voilà comment Kajuk, un chiot sans défense, avait provoqué la haine du chamane et fait basculer le destin du clan.

Chapitre 3

Le cauchemar

- Markussi, tu as demandé à Kajuk ce qu'il avait, hein ? Je t'ai entendu, insistait Mipoulouk pleine d'admiration tandis que Markussi essayait de changer de sujet.

Et elle n'était pas la seule à avoir été témoin de cet échange en langue canine. Tous ceux qui avaient assisté à la scène en discutaient en se dispersant. Le mot chamane revenait maintes fois dans les conversations animées.

Je ne sais pas vous, mais moi, si j'étais polyglotte, j'en serais plutôt fier. Markussi, lui, ça le mettait plutôt mal à l'aise. Je crois que ce qui l'embêtait le plus n'était pas de pouvoir communiquer avec les animaux, mais de penser qu'il avait peut-être des dons de chamane. Il faut dire que la perspective de ressembler à Croolik n'avait rien de réjouissant.

Je réfléchissais à tout ça quand j'ai constaté le vide qui se faisait autour de moi et réalisé que mes pattes s'engourdissaient. Il était grand temps de regagner la tente d'Apik. En passant devant celle de Markussi, j'ai entendu le rire cristallin de Mipoulouk. C'était aussi ensoleillé que l'explosion d'un petit fruit sous la dent. Une chaleur s'est répandue dans tout mon corps et je n'avais qu'une seule envie : l'entendre rire à nouveau.

- J'aime t'entendre rire, sœurette, disait Markussi. Tu riais souvent avec nos parents.

Il y a eu un silence, puis…

- J'étais trop jeune quand ils sont morts, grand frère.

Un autre silence… Trop long… Il avait une légère odeur de larmes. Puis…

- Promets-moi que tu ne mourras pas, Markussi.

- Promis.

Ensuite, j'ai entendu des petits pas sur le sol ; le bruit d'un liquide que l'on brasse dans un chaudron. Un effluve de plantes qui macèrent a traversé les peaux tendues.

- Regarde, Markussi, ce que j'ai préparé pour toi. Ce sont des racines de sabline. Saya me les a données. Elle m'a confié leur secret : on peut les manger. C'est pour les chasseurs.

Le sourire était revenu dans la voix de Mipoulouk et le rire que j'attendais a fusé. Un air de flûte s'est élevé dans l'air et je me suis remis en marche, tout ragaillardi.

J'étais presque arrivé à destination quand Kouatak a foncé sur moi en croassant. Il m'a frôlé de si près que je me suis senti soulevé. J'ai plongé dans la tente d'Apik. Même blotti dans le capuchon de mon amie, mon cœur battait comme un tambour. Non, mais qu'est-ce qu'il me voulait cet oiseau de malheur ?

Puis la chaleur et la fatigue ont eu raison de ma peur et je me suis endormi.

- *Toongaaluk ! Toongaaluk ! Inakoudé inakimat kalumé,* répète Croolik.

Le corbeau Kouatak est perché sur son épaule.

Le chamane fixe la mer et attend. Il est excité. Non : nerveux. Plutôt les deux à la fois. La mer se met à bouillonner. Croolik lève son bâton de magie.

Aaaaah ! Mais qu'est-ce que je fais au bout de ce bâton ? Je vais tomber dans la mer. Croolik secoue son bâton. Je tombe ! La mer écume de plus en plus fort. Elle m'éclabousse. Elle m'aspire. Je me débats. Je vais me noyer ! Au-dessus de moi le visage de Croolik sourit, plein d'espoir ! Pourquoi veut-il que je me noie ?

- *Caw caw caw !*

Kouatak rit. Il a le même sourire que son maître.

Caw caw caw !

Je m'enfonce. Je ne les vois plus. Des algues s'enroulent autour de moi et me paralysent. Je suis perdu !

Je me suis réveillé, à bout de souffle. J'étais complètement empêtré dans la mousse. Normalement, ce sont les mères inuits qui tapissent le fond de leur amaut avec de la mousse séchée. Elles transportent leurs petits partout dans cette poche à bébé et, s'il y a des fuites, (vous voyez ce que je veux dire), la mousse protège le cuir ou la fourrure. Apik en a mis au fond de son capuchon, juste pour moi. C'est tellement gentil de sa part. Cela me fait un nid douillet.

Bref, je m'étais tellement débattu pendant mon cauchemar que la mousse me bouchait les yeux, les oreilles et les narines. Je n'arrêtais pas d'éternuer. Il me fallait de l'air. J'ai finalement réussi à mettre la tête hors du capuchon. Apik dormait toujours et ses parents aussi. Tout était paisible. Mais j'avais un très mauvais pressentiment. Pour me calmer, j'ai regardé danser les petites flammes de la lampe à huile.

Chapitre 4

L'Esprit du Grand Corbeau

Le jour où j'ai tout laissé pour Apik, j'ai pris des risques. Par contre, je n'avais pas à m'inquiéter pour ma famille : mes rejetons sont capables de se reproduire au bout de quelques semaines et ils avaient déjà tous quitté le nid. Mais, moi, j'ignorais ce que la vie au-dessus de la couverture de neige me réservait.

Quelque temps après l'émoi provoqué par la guérison du petit chien Kajuk, l'automne avait cédé sa place à l'hiver. Sans vouloir me vanter, je suis assez efficace dans la construction de mon habitat. Mais, quand j'ai vu les membres du clan monter leur igloo, j'avoue avoir été très impressionné. Il faut dire qu'ici, le froid et la neige arrivent en coup de vent. Les Inuits ont intérêt à s'abriter au plus vite. En deux temps, trois mouvements, le campement avait pris une tout autre allure.

Ce jour-là donc, le chef Itak avait convoqué tous les membres du clan. Apik et ses amis se dirigeaient vers le lieu de rassemblement, et moi, du haut de mon capuchon, j'admirais ce magnifique paysage blanc sur blanc. La lumière s'amusait à se refléter dans les cristaux de neige tandis que des ombres bleutées glissaient sur le dos des igloos pour venir s'allonger sur le sol. J'étais totalement ravi jusqu'à ce que la forme de Kouatak se profile sur la neige. Je l'avais oublié, celui-là. Il a fait un tour au-dessus de nos têtes puis est reparti.

Au centre du campement, Itak et Croolik nous attendaient. Le chamane se tenait debout, appuyé sur son bâton, devant sa lampe de cérémonie. Ça ne me disait rien qui vaille et j'ai préféré assister à cette rencontre, lové dans mon nid de mousse.

- Croolik, notre chamane, a une grande nouvelle à vous apprendre, a commencé Itak, une fois tout le clan réuni.

- Les esprits m'ont parlé : il est temps d'aller à Sarila, a enchaîné Croolik.

Comment ça, aller à Sarila ? Il me semblait que Croolik n'y croyait pas. Tout le monde a le droit de changer d'avis, mais j'avais un doute.

- Seuls les êtres purs peuvent y pénétrer, a continué le chamane. Je vais invoquer l'Esprit du Grand Corbeau.

De quel corbeau parlait-il ? Je trouvais que ça sentait mauvais tout ça. Intrigué, j'ai risqué le nez dehors. Croolik dansait maladroitement en psalmodiant. Le corbeau sautillait et croassait au rythme de son maître.

- Inakoudé inakimat kalimat omataké.

- Caw, caw, caw !

- Inakoudé inakimat kalimat omataké.

- Caw, caw, caw !

La fumée de la lampe commençait à me piquer le nez. Les incantations me cassaient les oreilles.

- Esprit du Grand Corbeau, entends la voix de tes enfants ! s'est écrié Croolik en ouvrant ses longs bras tortueux comme le serpent de son bâton.

Alors, ce que j'ai vu m'a renversé. Le chamane a tenu Kouatak dans ses mains, le temps de dire...

- Montre-nous le chasseur que tu as choisi et guide-le jusqu'à Sarila pour le bien de notre clan.

C'était lui, le Grand Corbeau ? Beurk ! J'avais du mal à le croire. L'oiseau noir s'est envolé et a disparu dans la fumée. J'ai éternué. Il a retraversé la fumée et a foncé sur moi. J'ai plongé dans le capuchon d'Apik pour échapper à son bec. Alors les membres du clan ont tous cru qu'il désignait la jeune fille. Ensuite, Kouatak s'est mis à picorer la tête de Poutoulik qui essayait de l'éloigner de mon amie. Encore une fois, le clan a manifesté son approbation.

Comme j'ai les oreilles fines, j'entendais Croolik pester après son corbeau, malgré les acclamations.

- Non ! Non ! Non ! Ah ! Toi, espèce de...

Je suis remonté à la surface pour l'observer. Il parlait entre ses dents, la mâchoire crispée. Puis, le clan s'est mis à applaudir et à rire. Je me suis retourné. Markussi enlevait une souillure tombée sur son épaule : Kouatak venait de le choisir, à sa manière. Quel mal élevé ! Quand j'ai regardé de nouveau Croolik, son visage était détendu.

Cette drôle de cérémonie m'a donné l'impression qu'il y avait eu complot entre Croolik et Kouatak. Cela m'a rappelé le plan que j'avais discerné dans le sourire mauvais de Croolik, le jour où Markussi avait sauvé Kajuk. Ce n'était pas rassurant.

Mais Apik, Markussi et Poutoulik sont des âmes pures. Ils ne soupçonnaient rien et se réjouissaient déjà de la grande aventure qui s'offrait à eux.

La grande aventure? Je n'étais pas convaincu d'y prendre autant de plaisir que mes amis. D'ailleurs, Jiniak, la maman d'Apik avait, elle aussi, quelques réticences.

Une fois rentrés à la maison, Jiniak a entrepris de peigner les cheveux d'Apik. Elles se sont assises, face à face, sur la plateforme de neige recouverte d'une peau de caribou qui sert de lit dans un igloo. C'est très ingénieux et super confortable! Je n'aurais jamais imaginé ça. Bref, moi, je me tenais un peu en retrait sur la couverture et j'observais. À voir l'énergie que Jiniak mettait dans son coup de peigne, je sentais que quelque chose la tracassait.

- Ouch! Tu me fais mal! s'est plainte Apik.

- Ça n'a aucun sens. Je vais parler au chamane, a répondu Jiniak.

Ouch! Ça me faisait mal pour Apik juste à regarder sa mère s'acharner sur un nœud. Je suis bien content de ne pas avoir le poil long. Apik pourrait bien avoir l'idée saugrenue de me peigner. Mais la discussion continuait.

- J'ai le droit d'y aller ! a répliqué Apik.

- Ce n'est pas notre façon d'agir.

J'avais l'impression d'entendre les protestations des autres lemmings quand je leur parlais de passer un hiver au-dessus de la neige.

- Non, maman, notre façon d'agir c'est de raconter les vieilles fables, d'agir uniquement comme les grands-parents de nos grands-parents ont agi et de ne rien changer…

Apik est comme tous les jeunes. Elle rêve d'évolution. Je la comprends. Mais en même temps, les arguments de sa mère avaient du bon.

- C'est comme ça que nous avons survécu, ma fille.

Eh oui ! La survie, c'est important ! Et quand on sait comment on a réussi à survivre, il est normal de vouloir reproduire les mêmes comportements. C'est même inscrit dans nos gènes à nous, les lemmings.

Je me demandais donc si tout ça n'était pas trop dangereux pour Apik et son petit Kimi, c'est-à-dire moi-même.

- Le grand corbeau m'a choisie, a prononcé avec assurance Apik.

Fin de la discussion. Quand le Grand Corbeau a parlé, il n'y a plus rien à ajouter. Et gnagna-gna! C'était clair qu'Apik avait gagné, même si sa mère s'est obstinée à poser une dernière question.

- Et les animaux sauvages?

- Ça fait des lunes qu'on n'a pas vu un animal.

Évidemment! C'était justement pour cette raison qu'on devait partir pour Sarila.

- De toute façon, je n'ai pas peur. Je sais parler aux ours.

Hein? Elle connaît le langage des animaux comme Markussi? Je me suis rapproché. Mais non, c'était une blague. Le jeu était parti! Les deux femmes grognaient, croassaient, cancanaient à qui mieux mieux. C'était si drôle que je me suis mis de la partie. Kauji est entré et s'est assis sans déranger la joute. Qui allait rire la première? Quand Jiniak a imité le cri du phoque, Apik a éclaté de rire.

- J'ai gagné! s'est exclamée Jiniak.

- Ta mère est imbattable, a dit Kauji pour taquiner Apik. Quand elle nous fait rire, cela peut faire fondre la glace.

À ce moment-là, personne ne pouvait savoir jusqu'à quel point le papa d'Apik disait vrai.

L'atmosphère de l'igloo avait complètement changé. L'énergie pétillait devant mes yeux, légère et joyeuse comme les ailes des oies blanches dans la lumière du soleil. C'était l'heure de dormir. J'ai regagné mon nid, un peu moins inquiet. Tout de même, je n'ai pas pris de chance et j'ai demandé à l'Esprit du Grand Corbeau, le vrai cette fois, de m'avertir s'il y avait du danger.

- Toongaaluk ! Toongaaluk ! Inakoudé inakimat kalumé, répète Croolik en fixant la mer.

Le corbeau Kouatak est perché sur son épaule.

L'eau se met à bouillonner. Croolik lève son bâton de magie. Il sourit, plein d'espoir !

- Toongaaluk, Esprit du Mal, montre-toi.

Une vague silhouette se forme puis émerge de l'écume blanche. Sedna, la déesse de la mer ! Elle est comme j'en ai toujours entendu parler : une très belle femme avec des algues et des coquillages dans les cheveux, son corps terminé par une élégante queue de poisson. Ce qui, bien que ce soit un peu étrange, est très pratique pour une dame qui vit sous l'eau.

- Sedna, toi ? Non !

Croolik recule de surprise.

Aaaaaaah ! Il m'écrase ! Au secours !

Je me suis réveillé avec l'impression d'être passé sous un traîneau à chien. J'avais refait le même cauchemar ! Non, pas tout à fait le même.

Cette fois, Sedna était sortie de la mer, mais on aurait dit que ce n'était pas elle que Croolik et son corbeau attendaient.

Qu'est-ce que cela signifiait ? C'était peut-être l'Esprit du Grand Corbeau qui m'envoyait un message. J'ai pris une grande respiration, j'ai fermé les yeux et je lui ai demandé de reprendre mon rêve là où je l'avais laissé. Euh… En espérant quand même ne plus me retrouver dans les pattes de Croolik.

Très vite, je me suis senti aspiré dans le monde des rêves. Sedna s'adressait au chamane.

- *J'ai protégé ton clan depuis des temps immémoriaux, mais toi, maintenant, tu me rejettes et invoques l'Esprit du Mal ?*

- *Je n'ai plus besoin de ton aide. Toongaaluk est tout puissant.*

- *Avec ces mots, tu te condamnes toi-même, toi et ton clan tout entier. Avec ces mots, tu te condamnes toi-même, toi et ton clan tout entier. Avec ces mots, tu te condamnes toi-même, toi et ton clan tout entier.*

J'avais les yeux grand ouverts et cette phrase résonnait encore dans mes oreilles. « Avec ces mots, tu te condamnes toi-même, toi et ton clan tout entier. » Cette conversation avait-elle vraiment eu lieu ou était-ce une prémonition ? Et si elle avait eu lieu, c'était quand ? Il y a trois lunes ? Etait-ce à cause de cela, de la colère de Sedna, que les animaux avaient disparu ? Est-ce que je devais parler de mon rêve à Markussi ? Plus je tournais et retournais ces questions dans ma tête, plus j'avais l'impression de courir à l'intérieur d'une roue... Une sensation extrêmement désagréable. Alors pour m'en sortir, je m'en suis remis à l'Esprit du Grand Corbeau et j'ai dormi profondément jusqu'au petit matin. Ce jour-là nous allions partir pour Sarila.

Deuxième partie

LE VOYAGE

Chapitre 5

Le départ

À partir d'ici, tout ce que je vais vous raconter que je n'ai pas vu ou entendu m'a été rapporté par mes trois amis ou par des témoins dignes de confiance.

D'abord, sachez que Markussi n'avait pas très envie de faire partie de cette expédition. Ce n'est pas qu'il avait peur. Markussi est brave comme vous le constaterez tout au long de mon récit. Il hésitait tout simplement à quitter Mipoulouk.

C'est Saya qui l'a finalement décidé à partir. Cette vieille femme lit dans les cœurs. C'est très doux tout autour d'elle. Ça ressemble au vert tendre des jeunes pousses.

Je vous disais donc qu'elle sentait Markussi préoccupé, même si elle lui avait promis de prendre soin de Mipoulouk comme de sa propre fille. Alors, la veille de notre départ, elle lui a demandé ce qui le chicotait.

- Je ne sais pas ce qui m'arrive… J'entends des voix… Les animaux me parlent.

Pauvre Markussi! Ça n'a pas dû être facile pour lui d'admettre qu'il possédait ce don. Parce que c'est un don, je vous l'affirme. Et Markussi (j'ai appris à le connaître) n'aime pas se vanter.

- Tu as des pouvoirs. Tu deviendras un grand chamane.

Markussi aurait préféré ne pas entendre la réponse de Saya, c'est sûr. Ce n'était pas une taquinerie comme celles de Poutoulik.

La guérisseuse était sincère. Sans compter qu'elle savait de quoi elle parlait : elle avait été la femme de Croolik.

- Comment as-tu pu être sa femme?

Markussi n'avait pu retenir sa question. J'imagine sa gêne. Pourtant Saya ne s'en était pas offusquée. Elle semblait plutôt peinée pour Croolik.

- Oh ! C'était il y a longtemps. Il était différent à cette époque. Il a tellement changé depuis que nos fils sont morts.

Les fils de Croolik et de Saya sont morts en chassant avec le père de Markussi. Ce terrible accident l'a marqué, et il en a gardé de fausses idées.

- Mon père n'était pas un bon chasseur. Moi non plus, je ne le suis pas.

- Ne crois pas cela, Markussi. Tu aurais été fier de lui. Et je veux qu'il soit fier de toi.

Puis Saya a tendu un jeu de petits os à Markussi.

- Lance-les.

Markussi a hésité puis s'est exécuté une fois. Deux fois. Chaque fois les os ont tracé le même chemin. Saya a patienté en silence pendant qu'il réfléchissait.

- C'est le chemin pour Sarila! a finalement réalisé Markussi.

- Va! Le clan a besoin de toi.

Et Saya lui a donné les os de divination.

Je ne sais pas si Markussi a bien dormi ou rêvé, après sa rencontre avec Saya, je ne lui ai pas demandé. Moi, je me suis réveillé de bonne humeur : les brumes de mon cauchemar s'étaient complètement dissipées. Apik, elle, était pleine d'enthousiasme.

J'ai mis le nez dehors, question de vérifier la température. Le soleil ensommeillé, gardait sa grosse tête orange emmitouflée dans les nuages bas.

Partir en expédition vers une contrée mythique n'est pas une mince affaire. Partir tout court sur la toundra gelée, c'est une expédition. D'abord, il y a les armes à affûter ou à réparer : harpons, lances, bolets, fusils, hache. Et puis il faut penser à rassembler les objets essentiels à la survie : lampe à huile, chaudron, ulus de différentes tailles, aiguilles, dé à coudre et fil de tendon, cordes de différentes grosseurs (au cas où…). Bien sûr, une jeune fille comme Apik ne part pas sans son peigne. Ensuite, il faut charger les traîneaux, bien attacher le matériel pour ne rien perdre et recouvrir le tout de peaux. Finalement, il faut atteler les chiens. Ces bêtes-là sont tellement excitées à l'idée de courir que les harnacher demande beaucoup d'habileté, de douceur et d'autorité. De vrais gamins !

Bref, il y avait tant à faire pour mes amis que j'ai couru me délier les pattes. Après tout, j'allais devoir garder le capuchon pendant un bon moment. Comme je ne voyais Croolik nulle part, j'ai eu envie de jeter un coup d'œil sur ce qu'il fabriquait. J'ai contourné sa hutte pour finalement trouver une fissure où me glisser. C'est un des avantages de mon espèce de pouvoir se faufiler dans les passages les plus étroits. Quel désordre à l'intérieur ! Remarquez : pour se dissimuler c'est très pratique. J'observais donc le chamane, à travers l'œil d'un masque laissé par terre et enseveli sous une pile d'amulettes.

Croolik, debout devant sa table de travail, tenait un objet que je ne distinguais pas bien. Puis il a versé un liquide dans un bol. Ça, je n'avais pas besoin de le voir pour savoir que c'était du sang. L'odeur m'a rempli les narines et j'ai failli éternuer. Quelle frousse j'ai eue ! Kouatak était perché sur l'épaule de son maître et je ne souhaitais absolument pas qu'il me repère, celui-là ! Puis, Croolik s'est mis à invoquer Toongaaluk...

- Toongaaluk, Toongaaluk donne à ce pendentif le pouvoir du feu et des ténèbres.

Ah ! C'était un pendentif. Il l'a trempé dans le sang.

- Que mon sang transforme ce pendentif en instrument de vengeance !

Cette horrible phrase a déclenché un long hurlement semblable à celui d'un loup. Je ne me souviens même plus par où je suis sorti, tellement j'ai eu peur. Je n'avais plus qu'un seul but : retrouver Apik. Je la voyais de loin qui parlait avec ses parents. Les membres du clan s'étaient rassemblés pour nous souhaiter bon voyage et je zigzaguais entre les petits groupes.

- Est-ce que tu vas penser à moi? demandait
Mipoulouk.

- Chaque jour, petite sœur, c'est promis, a
répondu Markussi.

- Aie confiance et reviens vite, a ajouté Saya.

Je me suis arrêté devant Poutoulik et son père.
Le chef Itak tenait une carabine et j'ai hésité
l'espace d'une seconde. Mais j'avais tort de
m'inquiéter.

- J'ai pensé que tu en aurais besoin, a dit Itak.
Maintenant, prouve-nous que tu es un vrai
chasseur.

Poutoulik a pris l'arme et je mettrais ma patte
au feu qu'il avait grandi de plusieurs centimètres tellement il était fier.

- Oh! Dis à mère que je lui rapporterai le cœur
d'un caribou, a répondu Poutoulik.

Je me suis éloigné rapidement pour ne pas
entendre la suite. J'ai le cœur trop sensible.
Enfin, j'ai rejoint Apik et ses parents.

- Es-tu certaine de vouloir y aller ? lui demandait, Jiniak.

- Je ne serai pas partie longtemps, maman, l'a rassurée Apik.

- Ça lui donnera le temps de connaître davantage son futur mari, a taquiné Kauji en entourant les épaules de sa femme.

J'ai profité de ce moment de bonne humeur pour regagner mon capuchon. Il était temps ! Tout était prêt pour le départ et Markussi vérifiait les harnais des dix chiens attelés aux deux traîneaux. Apik s'est assise sur celui conduit par Poutoulik. Ouf ! J'étais drôlement impressionné.

L'excitation était à son comble et les flocons de neige qui virevoltaient autour de la meute n'arrangeaient rien. Moi-même, je m'amusais à les attraper sur le bout de mon museau quand Croolik a traversé mon champ de vision. D'un seul coup, la frayeur que j'avais éprouvée dans sa hutte m'est revenue. Comment avais-je pu l'oublier ? Je suis si facilement distrait par tout ce qui bouge, sent bon ou fait du bruit. Est-ce qu'il s'était rendu compte que je l'avais espionné? Est-ce qu'il me cherchait? Il boitillait, comme toujours, appuyé sur son bâton. Il a dépassé Apik et s'est adressé à Poutoulik. Fiou!

- Fils du grand chef...

Il avait pris sa voix de c'est-moi-le-grand-chamane-qui-a-tous-les-pouvoirs.

- Porte ce pendentif autour de ton cou.

Pendentif? Était-ce le même qu'il avait trempé dans le sang?

- Le loup invincible prendra soin de toi et te protégera du mal.

Le loup? Quel loup? Celui qui avait hurlé dans la hutte?

Je n'aimais pas cela du tout, mais Poutoulik semblait honoré par le geste du chamane qui le désignait ainsi comme le chef de l'expédition. Même le chef Itak et les membres du clan étaient surpris et touchés. Poutoulik a remercié

Croolik et mis le pendentif autour de son cou. Quand j'ai regardé Saya, il y avait un brin de méfiance dans son regard. Est-ce que je devrais parler de ce que j'avais vu à Markussi ?

Apik, Markussi et Poutoulik ont enfilé leurs lunettes de neige. C'était suffisant pour que j'oublie mes tracas. Je n'avais jamais eu l'occasion de voir des humains porter ce précieux accessoire. L'espace de quelques secondes, j'ai vu de magnifiques insectes géants. À travers les fentes pratiquées dans les morceaux de bois arrondis, je ne voyais plus les yeux de mes amis. Ces minces rectangles ressemblaient à d'étranges prunelles. Puis, Poutoulik a fait claquer son fouet. Le signal du départ était donné, sous des nuages qui s'accumulaient et déversaient une neige de plus en plus drue.

Chapitre 6

La glace noire

Je ne sais pas depuis combien de temps nous étions partis quand nous avons atteint cette large baie glacée. Après avoir regardé les membres du clan et le campement devenir de petites taches noires sur l'immensité blanche ; après avoir courageusement affronté les bourrasques de neige jusqu'à ce que la tempête se calme ; après avoir survécu à la course folle entre Markussi et Poutoulik en m'agrippant de toutes mes forces au capuchon d'Apik, je crois bien que j'ai somnolé un peu. L'immobilité et le silence m'ont réveillé.

Les chiens attendaient sagement, apaisés par leur course, à côté des traîneaux. Mes amis se tenaient debout devant la baie gelée. Ils devaient prendre leur première grande décision : la traverser ou la contourner.

Markussi hésitait, Apik parlait de prudence et Poutoulik se moquait de leurs hésitations. Pour les convaincre, il se pavanait en montrant sa minceur. C'est vrai qu'après des mois de maigres repas, il n'était pas bien gros.

- Regardez, le couvert de glace est bien épais. C'est tout blanc.

Eh oui ! C'était tout blanc devant, mais c'était tout blanc derrière aussi ! Je découvrais combien il faut avoir de bons yeux et l'expérience de plusieurs générations d'Inuits pour différencier un blanc d'un autre. Le blanc qui cache une crevasse de celui qui fournira de bons blocs pour construire un igloo.

Le blanc d'une glace épaisse et solide de celui d'une mince couche de neige qui camoufle une glace noire et fragile. Moi, je n'y arrivais pas.

- Ne vous inquiétez pas, ça tiendra, insistait Poutoulik.

Je ne pouvais peut-être pas distinguer les différents blancs, mais je pouvais sentir l'odeur de l'eau sous la glace et je me serais rangé du côté de Markussi et d'Apik si l'on m'avait demandé mon avis.

Quand je repense à ce qui est arrivé, je ne suis pas fier de moi. Je ne pouvais rien empêcher, c'est certain, mais ce n'était pas une excuse pour abandonner Apik. Bref, voici ce qui s'est passé.

Poutoulik a engagé son traîneau sur la glace. Si vous vous souvenez bien, Apik était assise sur les peaux de caribou tandis que je me tenais sur son épaule. La glace s'est mise à bouger sous le poids du traîneau. Je me suis énervé. J'ai essayé de prévenir Poutoulik, mais il n'a pas fait attention à mes cris. J'ai entendu la glace se plaindre. C'était trop pour moi. J'ai craqué! En voulant m'échapper vers la sécurité, j'ai sauté si près du visage de Poutoulik qu'il est tombé à la renverse. Les chiens ont continué à avancer, créant une bonne distance entre Poutoulik et son traîneau.

Évidemment, la catastrophe que j'avais prévue s'est produite : la glace a cédé sous le poids du traîneau. Apik nous regardait et il me semblait voir la frayeur faire des trous noirs dans sa belle énergie.

- Saute Apik ! a crié Poutoulik.

Mais le traîneau s'enfonçait lentement et les chiens, de plus en plus affolés, hurlaient en pataugeant dans l'eau glacée. J'ai beau ne pas avoir développé une amitié particulière avec ces bêtes, cela me faisait mal de les voir paniquer.

Alors Apik, au lieu de penser à sauver sa peau (comme moi je l'avais fait), a eu le courage de s'avancer à quatre pattes sur les fourrures et de couper les harnais. Libérés, les chiens ont couru vers la terre ferme. Je suis fou de cette jeune fille !

- À l'aide ! a crié Apik, de nouveau tournée vers nous.

- Ne t'en fais pas… Tiens bon ! On va aller te chercher, l'encourageaient ses amis.

Oui, mais comment ? Je n'en avais aucune idée.

Markussi s'est étendu sur la glace. Il a agrippé un des skis du traîneau tandis que Poutoulik lui attrapait les jambes pour l'empêcher de glisser.

Oui ! Quelle idée géniale ! Ils étaient vraiment courageux, ces deux garçons.

- Marche sur mon dos, Apik ! Vite !

Et moi, de nouveau plein d'espoir, je courais dans tous les sens en criant le plus fort possible : « Vite ! Vite, Apik ! Marche sur le dos de Markussi ! » Même si elle ne comprenait pas encore ma langue, elle entendait mon cri du cœur, j'en étais sûr.

Apik a traversé ce pont humain. Elle était sauvée !

J'avais à peine poussé un soupir de soulagement que, sans avertissement, le traîneau a plongé dans le trou noir, entraînant Markussi malgré les efforts de Poutoulik.

- Markussi! Noooooooooon! avons-nous crié tous les trois.

J'étais là à couiner, à sauter sur place, les yeux fermés, ridiculement inefficace, quand Poutoulik, plus vite que l'éclair, se penchait au-dessus du trou noir, un harpon à la main.

- Je l'ai! Aide-moi, Apik!

Il avait harponné les vêtements de Markussi! Décidément, ce jeune chasseur a de bons réflexes.

Avec l'aide d'Apik, il a tiré Markussi jusqu'à la glace solide.

- Reste avec nous, lui répétait Apik. Reste avec nous.

Puis…

- Sarila… Non, Sedna… Affamés… Ahhh!…

Markussi délirait! Il n'était pas mort! Pendant qu'Apik était partie chercher une fourrure pour le réchauffer et que Poutoulik le regardait anxieusement, j'ai pensé que c'était ma chance de me rendre utile. Je me suis approché de l'oreille de Markussi et j'ai soufflé dedans pour que la vie se répande à nouveau dans tout son corps.

J'étais complètement branché sur Markussi quand des éclairs ont commencé à éclater dans ma tête. Puis des images ont suivi un peu plus précises. Et finalement j'ai vu ! Mais c'était à travers les yeux de Markussi... Comme si j'étais devenu Markussi.

Je suis suspendu dans l'eau à l'entrée d'une grotte.

J'ai bondi en arrière, me déconnectant de l'oreille de Markussi. L'idée d'être immergé dans de l'eau salée ne me plaisait pas du tout. Et puis j'ai compris : je ne pénétrais pas dans la mer, mais dans le cerveau de Markussi. Alors, je me suis de nouveau collé à son oreille et me suis laissé glisser jusqu'au fond de son subconscient.

Une magnifique sirène sort de la grotte et m'adresse la parole.

- Viens, Markussi.

- Comment savez-vous qui je suis ?

- Ne crains rien. Je suis la déesse Sedna.

- Mais les autres…

- *Je t'attendais.*

- *Est-ce que je suis mort ?*

- *Non, mais tu peux rester avec moi, si tu veux.*

- *Je dois aller à Sarila.*

- *Pourquoi ? Le voyage est difficile. Très peu en reviennent. Tu pourrais être heureux ici.*

- *Déesse Sedna, vous avez fait disparaître tous les animaux. Mon clan meurt de faim. Sarila est notre seul espoir.*

- *Tu as l'âme d'un chamane.*

- *Je ne suis pas un chamane. Je suis un chasseur. Mes amis ont besoin de moi. Mon clan a besoin de moi.*

D'un coup sec, je me suis retrouvé sur le dos, un peu déboussolé : Markussi tentait de se relever. J'étais tellement estomaqué par ce qui venait de m'arriver que j'entendais à peine ce qui se passait autour de moi.

Avant notre départ, j'avais rêvé de Croolik qui parlait avec Sedna et, maintenant, je venais de fusionner avec l'esprit de Markussi. Avait-il vraiment rencontré la déesse Sedna alors qu'il était sur le point de se noyer ? Est-ce que Sedna apparaît à tous ceux qui se noient ? C'est une bonne question. En tout cas, Markussi avait beau s'en défendre, il était évident pour tout le monde, sauf pour lui, qu'il avait le potentiel d'un chamane. Même la déesse Sedna l'affirmait. Et moi, qui sait ? J'ai peut-être ce qu'il faut pour devenir son assistant. Ça me plairait bien d'être utile au sein du clan.

Encore une fois, je me suis demandé : « Est-ce que je devrais raconter tout ça à Markussi ? » « Est-ce mon imagination qui me joue des tours ? » « Comment Markussi va-t-il réagir à mes confidences ? » Puis, je l'ai entendu faire une blague à Poutoulik.

- Tu aimes le poisson que tu as pêché ?

- Il est un peu en dessous du poids idéal.
  Je devrais le rejeter à l'eau, lui a répondu son
  ami, sur le même ton…

Alors Markussi a ri, faiblement, mais il a ri !
C'était bon comme les premiers rayons de
soleil qui percent le couvert de neige au
printemps ! Et de nouveau, j'ai oublié toutes
mes interrogations.

Chapitre 7

Pendant ce temps, sur la banquise...

Au campement, les réserves de nourriture avaient diminué tragiquement. À l'heure où le chef Itak distribuait les rations, les membres du clan attendaient en file près de la réserve.

Quand les hommes reviennent de la chasse avec leur butin (gibier, poisson ou viande de phoque), il est entassé dans la réserve. C'est un trou creusé dans le sol gelé et recouvert d'une bâche faite de peaux. La nourriture est partagée également et, habituellement, tout le monde est satisfait.

Cette fois, pourtant, plusieurs repartaient déçus à cause de la petitesse des portions. Malgré tout, l'atmosphère était plutôt calme jusqu'à ce que le chamane Croolik lui-même essaie de passer devant Arlok, un brave chasseur.

- Attends ton tour, chamane! Tu auras de la viande quand tu auras fait ton travail, lui a dit Arlok en l'empêchant de passer.

J'aurais été là, c'est ce que je lui aurais dit. En tout cas, je l'aurais pensé. Quelle honte pour un chamane! Mais Croolik, au lieu de prendre sa place au bout de la file, a menacé Arlok.

- Fais attention! L'Esprit du Mal va t'arracher la langue!

- Ne mêle pas les esprits à ça, a rétorqué Arlok. Ils ne t'écoutent pas de toute façon. Tu es fini, chamane!

Les deux hommes s'affrontaient du regard. Croolik avait levé son bâton, prêt à frapper Arlok qui ne bronchait pas. Vous devinez que cela aurait pu bien mal tourner.

Heureusement Saya, qui attendait patiemment derrière, s'est avancée. Calme, comme toujours, la vieille femme a demandé à Croolik…

- Qu'est-ce qui t'empêche d'implorer Sedna afin qu'elle ramène les animaux ?

- Saya a raison. C'est le temps du cérémonial, a ajouté Itak.

Le chef du clan venait de clore la discussion. Il paraît que Croolik avait l'air piteux. J'aurais voulu voir ça. Il a donné rendez-vous aux Inuits, le lendemain matin, sur la banquise et a tendu sa main pour recevoir sa part de nourriture.

Et là, juste au moment où le chamane allait la prendre, Kouatak, son corbeau, a foncé sur son maître et s'est envolé avec le morceau de viande dans le bec.

Imaginez la scène ! Croolik courant en boitant après son oiseau noir et le traitant de tous les noms tandis que les membres du clan se moquent de lui et rient de bon cœur. Le moins qu'on puisse dire c'est que le chamane et son corbeau avaient détendu l'atmosphère.

De retour dans sa hutte, à l'abri des regards, la colère de Croolik contre Kouatak s'est calmée. Il lui a même confié une tâche. Et croyez-moi c'était une mission pleine de mauvaises intentions. Vous saurez plus tard comment je l'ai appris.

Le lendemain matin quand des membres du clan se sont rendus sur la banquise, Croolik se tenait déjà debout près d'un trou d'air. Il avait installé une ligne comme pour la pêche.

Dans mes rares sorties hivernales, il m'était arrivé quelques fois de voir des Inuits penchés au-dessus de la glace, un harpon à la main. Je ne comprenais pas ce qu'ils attendaient, immobiles et silencieux. Je sais maintenant qu'ils chassaient le phoque. Ces drôles de mammifères font des trous dans la glace à force de la frotter avec leurs griffes. Et c'est par là qu'ils viennent faire leur provision d'air. Et tac! les chasseurs les harponnent. Il faut qu'ils soient extrêmement patients et concentrés, ces hommes. Jamais, je ne pourrais rester aussi longtemps sans bouger.

Bref, il était normal que la cérémonie de réconciliation avec Sedna, la déesse de la mer, se fasse à travers un trou d'air. Le chamane a commencé à danser en battant son tambour puis il s'est adressé à la déesse.

- Aya-aya-aya, Sedna, entends la voix de mon clan qui implore ton pardon. Relâche les animaux. Prouve-nous, avec ton sang, que tu as entendu ma prière.

Puis, il a plongé sa main dans l'eau et l'a ressortie, pleine de sang.

- Attanaï ! Le sang de Sedna ! La déesse nous a pardonné ! a clamé Croolik d'une voix triomphante.

Et les membres du clan l'ont tous cru et acclamé. C'est fou combien un ventre vide et l'espoir de pouvoir enfin manger à sa faim peut rendre les humains crédules.

- Croolik possède encore ses pouvoirs, a même déclaré le chef Itak.

Mais Saya avait des doutes. Une vieille femme a peut-être moins d'appétit que les hommes dans la force de l'âge… Mais non, je blague. Saya ne s'est pas laissé berner parce qu'elle sent les vibrations émises par les intentions des gens et, surtout, parce qu'elle connaît bien Croolik.

Alors que tous les autres s'éloignaient, Saya s'est cachée derrière un banc de neige et voici ce qu'elle a découvert.

Au bout de la corde, que Croolik retirait de l'eau, une vessie de phoque à moitié remplie de sang pendouillait. Le sang de Sedna n'avait rien à voir avec celui que Croolik avait sur la main. La déesse n'avait jamais répondu à l'appel du chamane. Toute cette cérémonie n'avait été qu'une mise en scène pour calmer le clan.

Pourquoi Saya n'avait-elle pas averti tout de suite le chef Itak? Pourquoi n'avait-elle pas suivi Croolik pour l'empêcher de détruire la preuve de son méfait? Peut-être éprouvait-elle toujours de l'affection pour Croolik. Après tout, il était le père de ses deux fils, morts à la chasse. Elle s'inquiétait pour lui. C'est ce qu'elle m'a dit en me racontant cette journée. Elle aurait dû s'inquiéter pour elle-même…

Chapitre 8

La mission de Kouatak

Nous avions perdu un traîneau et tout ce qu'il transportait. Les chiens libérés avaient probablement retrouvé leur chemin jusqu'au campement, mais, pour mes amis, il n'était pas question d'abandonner la quête vers Sarila. Markussi avait encore besoin d'économiser ses forces après son plongeon forcé. Apik et Poutoulik l'avaient obligé à s'asseoir dans le traîneau restant et couraient de chaque côté.

Il faut être drôlement en forme pour suivre le rythme d'un attelage de cinq chiens, je vous l'assure. Apik a fini par tirer de l'arrière. N'oubliez pas qu'elle transportait un passager. Je sais que je ne pèse pas bien lourd, mais quand même… Mon amie reprenait son souffle quand elle a remarqué que le traîneau s'était immobilisé.

Apik a rejoint ses amis. Les deux garçons se taquinaient.

- C'est trop tôt pour monter un camp, disait Poutoulik.

- C'est l'endroit idéal, lui répondait Markussi.

- Pourquoi vous arrêtez-vous ? a demandé Apik.

Moi-même je me posais la question.

- Markussi veut admirer le paysage, s'est moqué Poutoulik.

Admirer le paysage ? C'est vrai qu'une étendue infinie de blanc dégage une certaine beauté, mais est-ce que nous avions vraiment le temps ?

- Belle journée pour faire une petite course, a renchéri Markussi.

- Mais tu as besoin de te reposer ! s'est opposée Apik.

Et là, j'ai saisi ce que Markussi avait en tête : une pause pour Apik sans qu'elle se sente coupable.

Ce Markussi, décidément… Non seulement il a des dons, mais c'est un jeune homme plein d'attention. Il ferait un bon mari, c'est certain. Poutoulik aussi, bien sûr. Il est fort, courageux, généreux et c'est un bon chasseur, cependant…

La sensation de quelque chose de mauvais planant au-dessus de nos têtes m'a arraché à mes réflexions. J'ai levé les yeux et j'ai reconnu l'oiseau noir. J'ai averti mes amis. Poutoulik a pointé son fusil. J'étais partagé entre « oui, vas-y Poutoulik, bon débarras ! » et « non ! non ! c'est un membre du clan, après tout » quand Markussi s'est interposé.

- Attends, Poutoulik ! On dirait Kouatak, le corbeau de Croolik.

- Tu as raison ! Qu'est-ce qu'il fait si loin du camp ?

Poutoulik a baissé son arme. Nous regardions tourner le corbeau dans le ciel et j'avais la tête qui tournait, qui tournait...

Puis le corbeau a réalisé que nous l'avions repéré et il s'est élevé plus haut dans le firmament avant de s'éloigner. À chaque battement d'aile, je me sentais soulevé dans les airs. C'était terrifiant ! J'ai fermé les yeux. Le corbeau m'enlevait ! Il avait sûrement deviné que je connaissais sa mauvaise nature. Il me jetterait du haut des airs et je mourrais éclaté, petite tache rouge sur la neige immaculée... Au secours !

J'ai rouvert les yeux pour vérifier si mes amis entendaient mes appels à l'aide et je me suis rendu compte que j'étais toujours là, dans le capuchon d'Apik, parfaitement en sécurité.

Encore une fois, il m'arrivait un phénomène étrange que je ne contrôlais pas. Il semble bien que j'avais simplement ressenti les mauvaises intentions de Kouatak à mon égard et que cela m'avait donné le vertige. Mais je me doutais qu'il n'avait pas volé toute cette distance par pur plaisir de nous accompagner. Et j'avais raison. Le corbeau avait sa propre mission : nous espionner et rapporter à Croolik où nous étions rendus. Voici donc ce que Kouatak a fait après s'être sauvé à tire-d'aile, et qui m'a été raconté dans les moindres détails.

Donc, cet oiseau de malheur est retourné au campement sans prendre le temps de se reposer une seule seconde. Tout de même, quelle expérience ce doit être d'admirer ce pays du haut du ciel : toutes ces nuances de blanc et de bleu ! Et les igloos du campement doivent former une jolie grappe de petites bosses rondes et douces. Quel lemming n'a pas rêvé de voler un jour ?

Mais, revenons à Kouatak. En peu de temps (les corbeaux sont des champions du vol de longue distance), il avait regagné l'antre du chamane. Perché sur l'épaule de son maître, il lui a croassé dans l'oreille tout ce qui nous était arrivé depuis notre départ.

Quand le chamane a compris que Markussi était épuisé, une joie méchante l'a envahi.

- Pauvre garçon ! a dit Croolik. Il ne se doute pas jusqu'à quel point ce voyage va devenir difficile.

Puis il est passé à l'action : il a pris le masque de celui qu'il appelait l'Esprit du Mal et l'a manipulé avec des gestes qui ressemblaient à un rituel. Ensuite, il l'a déposé parmi les amulettes, les fioles remplies de liquides sombres et les herbes séchées où un pendentif avec une tête de loup semblait attendre son tour. Eh oui ! C'était la réplique exacte de celui que portait Poutoulik. C'était donc à travers ce jumeau maléfique que Croolik pouvait atteindre notre ami et nous faire du mal.

Chapitre 9

Oupik

L'idée que Kouatak pouvait faire des allers-retours entre notre expédition et son maître me trottait dans la tête. Et je me promettais d'en parler à Markussi. Mais il y avait des traces dans la neige.

- C'est soit une trace d'ours… soit celle d'un lemming géant.

- Arrête de faire des farces, Poutoulik. Tu fais peur à Kimi, lui a reproché Apik.

Un lemming géant ! Et voilà ! Évanouie ma résolution ! J'ai vite couru faire la comparaison entre mes empreintes et celles trouvées dans la neige. Il n'y avait aucun rapport entre elles. D'ailleurs est-ce que les lemmings géants existent ? C'est une autre bonne question.

- Un lemming de cette grosseur pourrait nourrir un village entier durant tout l'hiver.

Je n'en croyais pas mes oreilles ! C'est Markussi qui avait fait cette farce de mauvais goût ? Évidemment, Poutoulik approuvait. Franchement ! Et Apik ? Fiou ! Elle ne riait pas. En tout cas, j'ai préféré regagner mon capuchon plutôt que d'écouter ces sottises.

- Les traces sont encore fraîches. Les ours ne sont pas loin, a chuchoté Poutoulik.

Ah ! Des ours ! Il me semblait bien aussi…

Poutoulik a pris sa carabine, et Markussi sa lance. Comme les traces se séparaient, Markussi a proposé d'aller à droite tandis que Poutoulik irait à gauche.

- D'accord, mais je vais aller plus vite si je suis seul. Apik, reste avec Markussi, a dit Poutoulik sur un ton autoritaire.

Nous avons regardé Poutoulik faire tourner le chien de tête dans la bonne direction et partir à toute vitesse. Je me suis dit qu'il avait vraiment l'âme d'un grand chasseur.

Ça me plaisait qu'Apik accompagne Markussi. J'ignorais ce qui nous attendait… Ce que je vais vous raconter me fait encore claquer des quatre incisives, chaque fois que j'y repense.

Apik avait devancé Markussi et grimpait sur un pic rocheux. Elle s'apprêtait à le contourner quand du bruit, derrière elle, l'a fait se retourner. Deux oursons la suivaient.

- Apik, soit prudente! lui a crié Markussi.

Mais vous savez ce que c'est : les oursons sont craquants et les jeunes filles si facilement attendries!

- Ah! Ils sont trop mignons! s'est exclamée Apik.

Et bien sûr, elle s'est penchée pour les flatter. Heureusement que je protégeais nos arrières. Quand j'ai vu la maman ourse se ramener, j'ai couiné de toutes mes forces.

Ensuite, tout s'est passé si vite ! L'ourse a chargé en se dressant sur ses pattes de derrière. Apik, en reculant, a culbuté sur un ourson et s'est retrouvée sur le dos, complètement vulnérable. Moi, j'étais caché au fond du capuchon et j'entendais grogner la bête sauvage.

Et pour la deuxième fois, j'ai bien cru mourir. Mais mourir n'était rien. L'idée qu'Apik serait tuée, sa peau déchirée par des griffes monstrueuses, me torturait. Je suis remonté à l'air libre et je me suis accroché à son cou.

Markussi a lancé son arme sur l'ourse. Elle a rebondi. C'en était fini de nous deux ! J'ai fermé les yeux. Soudain, un étrange dialogue a débuté. Markussi s'adressait à l'ourse. J'ai espéré de toutes mes forces qu'il serait convaincant ! Puis, plus rien. Quand j'ai rouvert les yeux, la maman ourse s'éloignait flanquée de ses petits, et Markussi nous rejoignait en poussant un dernier grognement. Nous étions sauvés.

C'est ce que nous pensions tous les trois. Mais à peine Markussi avait-il réconforté Apik, encore toute tremblante, qu'un étrange nuage noir se formait au sol et se dirigeait vers nous.

Un horrible masque, aux yeux rouges comme des charbons ardents, servait de locomotive à ce train de fumée et ouvrait une bouche menaçante. J'ai deviné tout de suite qu'il s'agissait d'un cadeau de Croolik. La lance de Markussi était inutile. Il avait beau frapper à droite et à gauche… Un nuage de fumée, ça ne se transperce pas.

Alors Markussi et Apik ont pris leurs jambes à leur cou pour échapper à cet ennemi qui semblait jailli des entrailles de la terre. Et pendant que j'étais secoué dans le capuchon de mon amie, je me répétais « le dire à Markussi, le dire à Markussi, le dire à Markussi ».

Soudain, j'ai entendu…

- Markussi ! Markussi !

Qui pouvait bien interpeller Markussi à un moment pareil ?

- Je suis Oupik, ton esprit protecteur, a dit encore la voix.

- Esprit protecteur ? De quoi parles-tu ? a demandé Markussi sans s'arrêter de courir.

- Je n'ai rien dit, a répondu Apik.

- Tu n'as pas vu un hibou ?

Un hibou ? Un hibou s'adressait à Markussi, maintenant ? Pourtant Apik ne l'avait ni vu ni entendu. Moi, j'avais pu l'entendre. Est-ce que je pourrais le voir ? Bonne question !

- Dessine un cercle dans la neige pour délivrer mon pouvoir, a continué Oupik, le hibou.

Or, pour réussir cela, il fallait que Markussi reste sur place. C'était très dangereux. Est-ce qu'il pouvait faire confiance à un oiseau sorti de nulle part, hibou ou pas ? Markussi a pris le risque. Alors, au grand désarroi d'Apik qui lui criait de s'enfuir, le masque s'est mis à tourner autour de Markussi. Il l'a enveloppé d'une fumée si dense qu'Apik et moi l'avons complètement perdu de vue.

Pouvez-vous imaginer notre angoisse ? Puis, la fumée a été siphonnée par le bas et s'est complètement dissipée. Markussi avait-il tracé un cercle comme le hibou le lui avait conseillé ? Apik a rejoint son ami, les yeux remplis d'étonnement et d'admiration. J'avoue que moi-même j'étais assez ému.

- Tu maîtrises la fumée, tu éloignes les ours, tu parles avec Kimi... Comment fais-tu ?

- Je n'en ai aucune idée, Apik. Les esprits me parlent et ça m'effraie un peu.

J'imagine qu'avoir des dons de chamane ne doit être ni simple ni excitant. Cette aventure me faisait vivre des expériences hors de l'ordinaire et c'était angoissant. D'ailleurs cela me rappelait que je devais révéler quelque chose à Markussi.

- Viens, Apik. La nuit tombe, nous devons rejoindre Poutoulik, a dit Markussi en se mettant en marche.

Apik lui a emboîté le pas sans dire un mot. Elle était encore bouche bée par ce qu'elle venait de vivre. De mon côté, j'essayais de rassembler mes idées quand une lumière rose et chaude a semblé émaner d'Apik et l'enrober tout entière, moi y compris. Cela ne pouvait venir que de son cœur tellement c'était doux. Je me suis vautré dans cette magnifique source d'amour et j'ai tout oublié.

Chapitre 10

Le récit de Poutoulik

De son côté Poutoulik avait tué un ours blanc.
Il aurait bien aimé que ce soit suffisant pour
nourrir le clan tout l'hiver. Ses amis, qui
l'avaient rejoint, savaient qu'un tel exploit
demandait beaucoup d'adresse et de courage.

- Pauvre Poutoulik, l'a taquiné Markussi, la vie
  d'un chasseur est difficile. Ne t'en fais pas.
  Tu pourras en chasser tout plein à Sarila.

Mais l'heure était aux réjouissances.

- Tu es un grand chasseur, l'a complimenté
  Apik.

Et je peux vous certifier que Poutoulik a rougi.

Mes amis ont rapidement construit un igloo de fortune pour la nuit. Puis ils ont mangé de la viande bouillie. Pour ma part, Markussi m'a refilé un peu de la sabline que Mipoulouk, sa charmante petite sœur, lui avait offerte avant son départ. Ça faisait le plus grand bien à nos ventres vides. Enfin, nous sommes installés pour écouter le récit de chasse de Poutoulik.

Chez les lemmings aussi la tradition orale est d'une grande importance pour transmettre le savoir de génération en génération. Nous n'avons pas encore de système d'écriture. Mon cas est à part. Nous en reparlerons plus tard.

J'étais assis sur l'épaule d'Apik et je regardais Poutoulik raconter son exploit. Il était vraiment beau à voir tellement le désir d'impressionner sa future femme faisait briller ses yeux et lui donnait de la verve.

- Alors, j'ai regardé l'ours dans les yeux et je lui ai dit : « Nanouk, prépare-toi à mourir car mon peuple a faim. »

- Est-ce que Nanouk t'a parlé ? lui a demandé Apik, en plaçant un peigne dans ses cheveux.

Un très joli peigne fait d'ivoire et orné de fils colorés qui… qui s'est mis à bouger tout seul !

- Non, non, a répondu Poutoulik. Mais je lui ai promis de verser de l'eau fraîche dans sa bouche si je gagnais la bataille.

- Pourquoi ? a demandé Apik, en replaçant machinalement son peigne.

- C'est une façon de dire « merci de soutenir nos vies en échange de la tienne », a expliqué Markussi.

Et le peigne a recommencé son mouvement de va-et-vient, lissant ma fourrure au passage. Finalement, contrairement à ce que je craignais, c'était plutôt agréable. Seulement, un peigne qui bouge tout seul, ce n'est pas normal. Alors j'ai observé ce qui se passait autour de moi.

- Là, Nanouk s'est dressé sur ses pattes de derrière. Il était aussi grand que trois inuksuit. Il a foncé vers moi et j'ai échappé ma carabine. J'étais sûr que j'allais mourir.

Poutoulik était complètement absorbé par son récit. Apik, elle, remettait son peigne en place tout en gardant les yeux rivés sur le conteur. Markussi… Markussi fixait le peigne. Et le peigne se remettait à bouger. Je n'étais pas certain, mais j'avais l'impression que Markussi venait de se découvrir un autre don.

- Arrête, Kimi! s'est impatienté Apik en me prenant dans ses mains.

Ce qui n'a pas empêché le peigne de bouger. Elle a bien vu que je n'y étais pour rien. Pour en finir avec cette histoire, je me suis emparé du peigne et j'ai sauté par terre. Apik s'est retournée vers moi puis vers Markussi.

- Apik, est-ce que tu m'écoutes?

Poutoulik avait l'air vexé.

- Oui, oui. Continue, a répondu Apik, un peu mal à l'aise.

- J'ai attrapé ma carabine et, sans même viser, j'ai tiré. L'ours s'est écroulé comme un igloo au printemps.

- Quel formidable exploit! l'a félicité Markussi. Tu le raconteras aux autres quand nous serons de retour à la maison.

Alors Apik a enchaîné, très excitée.

- Est-ce que tu veux savoir ce qui nous est arrivé?

- Oui, quoi?

- Nous avons vu deux oursons. J'ai voulu les flatter, mais la mère ourse est arrivée derrière moi et Markussi...

- Laisse tomber, Apik. Il n'y a rien à raconter, l'a interrompu Markussi.

Apik a interrogé son ami du regard. De toute évidence, Markussi préférait passer sous silence des phénomènes qu'il ne comprenait pas encore. Ce qui a un peu refroidi mes intentions de lui parler de mes propres expériences.

Heureusement l'esprit chasseur de Poutoulik s'était accroché aux trois ours. Il avait déjà repris sa carabine.

- Une ourse et ses petits. Pourquoi vous ne me l'avez pas dit plus tôt ? s'est exclamé Poutoulik en se levant.

- Non, Poutoulik. Ce sont des bébés. Que feraient-ils sans leur mère ? lui a dit Apik en le retenant.

- Ils sont probablement loin maintenant, a ajouté Markussi.

- Et tu prétends que tu es un chasseur !

Poutoulik semblait complètement dépassé par l'attitude de ses deux amis. Mais la journée avait été longue et épuisante. Il était temps de dormir.

Chapitre 11

Pendant ce temps... Saya

La vie des humains est beaucoup plus longue que celle des lemmings. J'imagine que l'attachement d'une femme pour un homme, surtout s'il est le père de ses petits euh... (je veux dire de ses enfants) grandit au fil des ans. Saya, qui avait partagé la vie du chamane pendant de longues années, s'inquiétait pour Croolik, je vous l'ai déjà dit. Alors avant d'aller le dénoncer au chef Itak, elle a tenté une dernière démarche pour le raisonner. Malheureusement, cette visite à son ancien mari ne lui a rapporté qu'un enchaînement de malheurs. Voici ce qui s'est passé, tel qu'elle me l'a raconté.

Durant les nuits qui ont suivi la cérémonie sur la banquise, Saya a très mal dormi. Elle retournait sans cesse les mêmes pensées dans sa tête. Si elle révélait la vérité à propos du mensonge de Croolik, elle enlèverait tout espoir aux membres de son clan. Si elle se taisait, jusqu'où irait Croolik pour sauver les apparences et garder sa place de chamane? Peut-être que si elle lui rendait visite et le confrontait, Croolik reconnaîtrait ses torts et redeviendrait l'homme honnête qu'elle avait aimé. À l'aube d'une nuit sans sommeil, elle avait pris sa décision.

Sous un ciel gris, Kouatak montait la garde, perché sur la hutte du chamane.

- Caw! Caw!

Averti par les cris du corbeau, Croolik était sorti pour accueillir Saya… à sa manière.

- Qu'est-ce que tu veux, vieille sorcière?

- Tu as menti, Croolik. Je t'ai vu.

- De quoi parles-tu?

- Sur la banquise… Ce n'était pas le sang de Sedna comme tu voulais nous le faire croire. Tu t'es servi d'une vessie et du sang d'un animal.

Comme Croolik ne protestait pas et s'assurait que personne d'autre n'ait entendu cette accusation, Saya a pensé qu'elle avait une chance de lui ouvrir les yeux. Elle s'est approchée et lui a dit le plus gentiment possible…

- Je suis si inquiète pour toi, Croolik. Tu es l'ombre de ce que tu as été.

Alors la vieille rancune, que j'avais déjà sentie, a remonté à la surface.

- C'est à cause de ce que tu as fait à mes fils. Ils étaient trop jeunes pour aller chasser. Mais non ! Il a fallu que tu les envoies avec ce misérable…

- Le père de Markussi n'a rien à voir avec ça, l'a interrompu Saya.

- J'ai ruiné mes jambes à chercher mes enfants et elles me rappellent tous les jours ce qui est arrivé.

- Ils ont été frappés par la foudre. Un accident ! C'était un accident ! Aie un peu de respect pour nos morts.

Sans s'en rendre compte, Saya s'était laissé emporter, et cette discussion a fini en queue de poisson.

- N'utilise pas ce ton avec moi : je suis un chamane !

- Tu l'étais. Maintenant, ton esprit est tordu par l'orgueil et l'ambition.

- Sorcière insolente ! J'ai conservé tous mes pouvoirs.

Et pour que son maître ait le dernier mot, Kouatak a quitté l'épaule de Croolik et s'est mis à tourner autour de la tête de la guérisseuse en croassant.

Saya est repartie, terriblement déçue, tandis que Croolik retournait à ses projets maléfiques.

Elle aurait trouvé l'attente bien longue durant l'absence des voyageurs si elle n'avait eu Mipoulouk, la petite sœur de Markussi, pour égayer ses journées.

Un jour que le soleil filtrait à l'intérieur de son igloo, Saya s'amusait à créer des ombres chinoises. Cela faisait beaucoup rire Mipoulouk, surtout lorsque la vieille femme imitait le cri des animaux qu'elle faisait vivre sur le mur. Après un chevreuil, il y avait eu un phoque et ses grognements puis un chien de chasse, avec de longues oreilles.

- Ha! Ha! s'est esclaffée Mipoulouk. C'est quelle race de chiens? Il ne ressemble pas du tout à ceux de Markussi!

Et comme cela arrive souvent chez les plus jeunes, le temps de dire « Markussi » et la fillette était passée du rire aux larmes refoulées.

- Markussi te manque, n'est-ce pas ? lui a demandé doucement Saya.

Mipoulouk est une enfant courageuse. Elle ne voulait pas montrer qu'elle s'ennuyait, surtout pas à Saya qui s'occupait si bien d'elle.

Mais Saya n'était pas dupe. Pour consoler sa petite compagne, elle a pris une poignée d'herbes séchées et l'a jetée sur les flammes de la lampe. Un nuage bleuté s'est élevé et l'image de Markussi est apparue sur le mur.

- C'est Markussi ! C'est Markussi, je le vois ! s'est écriée la fillette en courant vers son grand frère.

Puis le nuage a viré au noir, avalant l'image de Markussi et faisant craindre le pire à Saya.

- Il est parti, a dit tristement Mipoulouk.

- Ne t'en fais pas, Markussi va nous revenir bientôt, l'a réconfortée Saya.

Elle a serré la petite contre elle et s'est promis d'être aux aguets. Quelque chose lui disait qu'il valait mieux surveiller le chamane de près.

Les journées se succédaient les unes tout aussi affamées que les autres. Les réserves étaient maintenant quasiment épuisées. Il ne restait plus qu'un maigre lièvre à partager entre les membres du clan. Mais, au moment de la distribution des parts, quand le chef Itak a soulevé la bâche le petit gibier avait disparu. Tous les membres du clan étaient consternés.

- C'est un vol crapuleux, a dit Kauji, le père d'Apik.

- C'est un crime contre tout le clan, a continué le chasseur Arlok.

Le chef Itak entendait bien découvrir le malfaiteur.

- Le coupable doit être puni, a-t-il affirmé en serrant le poing.

Quant à Saya, elle osait à peine croire ce qui lui venait à l'esprit. Elle aurait dû pourtant. Encore une fois sa bonté l'a empêchée de faire immédiatement part de ses doutes à Itak. Voici ce qu'elle craignait et qui m'a été confirmé par quelqu'un dont je vous révélerai l'identité plus tard.

La veille de cette terrible découverte, Croolik avait boitillé, à la lueur d'un croissant de lune, jusqu'à la réserve et s'était emparé du pauvre butin.

Saya n'imaginait pas, cependant, que le lièvre fournirait au chamane le moyen de se débarrasser d'elle.

La folie destructrice de Croolik se nourrissait d'elle-même comme un serpent qui mange sa queue et elle augmentait d'heure en heure. Un jour qu'elle traversait le campement, Saya a reniflé une odeur âcre. En cherchant d'où cela pouvait provenir, elle a vu jaillir une fumée noire de la hutte de Croolik. Elle s'est approchée, redoutant un sale tour du chamane. À l'intérieur, Croolik psalmodiait des paroles qui l'ont fait frémir d'horreur.

- Esprit du Feu, venge-moi! Brûle ce garçon qui défie mon pouvoir.

Depuis qu'un nuage noir avait englouti l'image de Markussi sur le mur de son igloo, Saya était de plus en plus inquiète pour le jeune homme. Alors, malgré sa peur, elle est entrée dans le refuge du chamane. Elle l'a trouvé en transe, penché au-dessus d'un bol d'huile. Sourd et aveugle à tout ce qui se passait autour de lui, il continuait de chantonner.

- Esprit du Feu, source de chaleur et de mort, vole jusqu'au garçon et réduis-le en cendres. Débarrasse-moi de Markussi.

- Sorcier maudit ! lui a lancé Saya, laisse Markussi tranquille !

Et elle s'est jetée sur lui pour arrêter cet acte de sorcellerie.

- Ôte tes mains de sur moi ! a hurlé le chamane en la traitant de sacrilège et en la repoussant.

Dans la bataille, Croolik a renversé le bol d'huile brûlante et les flammes se sont répandues sur le sol. Terrifiée, Saya s'est échappée de la hutte, le rire démoniaque du chamane la poursuivant jusque chez elle.

À partir de ce moment, Saya a su que, non seulement elle ne devait plus espérer de changement de la part de Croolik, mais qu'elle avait le devoir d'avertir Itak. Elle les a donc convoqués tous les deux dans sa demeure même si elle appréhendait la réaction de son chef.

- Tu lances de graves accusations, Saya.

- Je l'ai vu retirer de l'eau une vessie pleine de sang. Et je l'ai entendu appeler l'Esprit du Feu contre Markussi.

- Méfie-toi d'elle, Itak ! a dit Croolik qui se tenait près de la plateforme de neige.

Et, furtivement, il a caché quelque chose sous les peaux qui la recouvraient.

- Tout ce qu'elle veut… a-t-il enchaîné en faisant semblant de s'asseoir.

Mais il n'a pas fini sa phrase. Il s'est relevé brusquement comme si une épine l'avait piqué. Il a soulevé une peau pour voir ce qui l'avait blessé.

- Que... Qu'est-ce que c'est?

C'étaient des os de lièvre. Imaginez l'étonnement de Saya.

- Elle a volé le lièvre! a suggéré Croolik, en regardant Itak comme si cela le surprenait et le peinait tout à la fois.

Quel hypocrite!

Mais dès que Saya a voulu se défendre, Croolik a enfoncé le doute dans l'esprit d'Itak...

- Elle a trahi la confiance du clan!

C'était trop! Saya a senti ses genoux se dérober sous elle.

- Non, quelqu'un les a mis là, s'est-elle objectée, mais son désarroi était si grand que ses mots étaient à peine audibles.

Croolik, de son côté, était de plus en plus catégorique.

- Les os sont dans ton igloo, cachés sous tes peaux de caribou, Saya.

- Je n'ai pas le choix, a conclu Itak. Je vais réunir le Conseil du clan pour te juger.

Il existe, au centre du campement, un igloo beaucoup plus vaste que les autres. À l'intérieur, un banc de neige couvert de peau court le long du mur. C'est un lieu de rassemblement pour les événements importants, les fêtes ou… les procès.

Saya se tenait debout face au chef Itak et aux six membres du Conseil. Derrière elle, des hommes et des femmes venus la soutenir ainsi que la petite Mipoulouk.

Après avoir exposé les faits, Itak s'est adressé à Saya.

- As-tu quelque chose à ajouter, Saya?

Que pouvait-elle dire de plus ? Bien sûr, elle se doutait que le voleur n'était nul autre que Croolik. Mais elle n'avait aucune preuve. Et, comble de malheur, il faisait partie du Conseil. Alors elle a clamé encore une fois son innocence.

- Qui veut parler en sa faveur ? a demandé Itak.

Kauji s'est levé sans hésiter.

- Elle a guéri mes engelures. Elle prend soin de Mipoulouk comme si elle était sa mère. Elle ne mérite pas d'être punie.

Uliak a pris la parole à son tour.

- Saya a sauvé ma femme de la fièvre et soigné mon frère. Elle a fait beaucoup pour notre clan. Nous devons lui pardonner.

Puis Arlok a plaidé également en faveur de Saya.

- Saya connaît le secret des plantes. Pour le bien-être du clan, laissons-la libre.

Il avait bien raison. D'ailleurs c'est grâce aux plantes de Saya que j'ai survécu durant le voyage. Je leur aurais dit si j'avais été présent!

- Que ceux qui la croient coupable lèvent la main, a dit le chef Itak.

Qui a levé sa main le premier croyez-vous? Croolik évidemment! Deux autres Inuits dont je ne veux même pas me rappeler les noms ont condamné Saya. Étaient-ils de bonne foi ou Croolik leur avait-il promis des récompenses? Nous ne le saurons jamais.

Mipoulouk comptait les votes, apeurée. Kauji, Arlok et Uliak sont restés immobiles. Le compte était de trois contre trois. Voyant l'embarras d'Itak, Croolik a misé sur la culture de son clan pour acculer son propre chef au pied du mur.

- Selon la tradition, c'est au chef de briser l'égalité du vote. Justice doit être faite! a-t-il déclaré reprenant son ton autoritaire de chamane.

Saya retenait son souffle. Elle était en droit de penser que le chef Itak la disculperait. Après tout, elle avait toujours servi de son mieux les membres de son clan. Et depuis quelque temps, Croolik avait un comportement pour le moins discutable. Elle lui avait révélé tout ce qu'elle avait vu. Pourquoi Itak ne l'aurait-il pas cru ? C'était le seul espoir qui lui restait quand le chef s'est levé pour donner son verdict. Il s'est râclé la gorge, visiblement mal à l'aise, et ses paroles ont tombé dans l'assemblée comme une roche dans une marre, créant des ondes de surprise et de déception tout autour de la salle.

- Hum… Vous connaissez tous mon affection pour Saya. Elle est un des membres les plus respectés du clan. Je suis déchiré… Mais j'ai vu, de mes propres yeux, la preuve de son crime. Je dois déclarer Saya… coupable !

- Non, non ! Ce n'est pas juste. Elle a été trompée ! ont protesté Arlok et Kauji.

Saya était résignée. Elle observait Croolik du coin de l'œil : un sourire satisfait fendait le visage du chamane. Pour elle, c'était clair comme l'eau d'un glacier : il avait tout manigancé pour l'éloigner.

Elle savait ce qui l'attendait. Elle ne pourrait plus rien pour protéger Markussi.

- En accord avec la façon de nos ancêtres, tu n'es plus la bienvenue ici, Saya. Comme punition pour ton crime, tu dois quitter la communauté jusqu'à la fonte des glaces.

- Non ! s'est écriée Mipoulouk.

Pauvre petite, elle avait perdu ses parents, son grand frère était parti pour une contrée lointaine et, voilà, qu'on lui enlevait sa protectrice bien-aimée.

- Ne t'inquiète pas, Mipoulouk. Kauji prendra soin de toi jusqu'au retour de Markussi, l'a rassurée Saya en l'embrassant.

Mipoulouk savait qu'avec Kauji et sa femme Jiniak, elle serait en sécurité. Ce qui brisait son petit cœur déjà bien éprouvé, c'était l'idée que Saya risquait de mourir à son tour.

Vous ne le savez peut-être pas, mais la solidarité du clan, c'est ce qui assure la survie de ses membres dans ce pays au climat extrême. Être jeté hors de la communauté, en plein froid hivernal, c'est quasiment être condamné à mort pour n'importe quel Inuit. Imaginez les épreuves qui attendaient Saya, une femme déjà affaiblie par son grand âge.

Chapitre 12

Le pendentif

Maintenant vous êtes au courant de ce qui se tramait au campement pendant que nous nous dirigions vers Sarila. Vous réalisez sûrement combien notre voyage était dangereux.

Ce matin-là, Poutoulik préparait les chiens pour une autre étape. Il les encourageait en les appelant « les garçons ». Sous son air un peu rude, ce jeune chasseur est plein de tendresse.

De leur côté Markussi et Apik avaient lancé les os de divination et observaient la direction obtenue. Quant à moi, j'aurais bien voulu m'amuser avec les petits os, mais des bruits étranges ont attiré mon regard vers Poutoulik.

Il se tenait la gorge comme s'il étouffait. Il tirait sur son pendentif. Son pendentif! Je me suis rappelé la première fois où j'avais espionné le chamane. C'était avant notre départ. Il avait trempé un pendentif dans un bain de sang et l'avait offert à Poutoulik. Bien qu'à ce moment-là je n'étais pas encore au courant, je commençais à penser qu'il y avait peut-être un deuxième pendentif dans la hutte du chamane.

Donc ce matin-là quand Poutoulik s'est approché de nous, son regard était aussi noir que l'eau de la baie. Le loup de son pendentif avait des yeux incandescents et ouvrait tout grand sa gueule. C'était si étrange que je me suis réfugié dans le capuchon d'Apik.

Une fois, à l'abri, je me suis demandé ce que Croolik pouvait bien faire pour que le pendentif de notre ami rougeoie comme du feu ? La réponse m'a été donnée beaucoup plus tard : il plongeait son jumeau dans l'huile bouillante !

- Venez. Nous partons, a ordonné Poutoulik.

Et sans attendre de réponse, il a commandé aux chiens de se retourner.

- Où veux-tu aller ? a demandé Markussi, complètement dérouté par son attitude.

- Je retourne au camp.

- Et Sarila ?

Sans répondre à Markussi, Poutoulik a poussé Apik vers le traîneau.

- Allez ! Monte !

- Eille! Qu'est-ce qu'il t'arrive? Ça va pas? s'est opposée Apik.

Et là, Poutoulik a rudoyé si fort mon amie que j'ai accusé le coup même à l'intérieur du capuchon. J'étais toutes griffes dehors, prêt à bondir de ma cachette pour défendre Apik quand Markussi est venu à la rescousse.

- Calme-toi, Poutoulik!

C'était comme s'il avait jeté de l'huile sur le feu! Poutoulik a bousculé rudement Markussi qui est tombé. Sa tête a heurté une pierre et il a perdu conscience. Apik et moi, nous nous sommes précipités pour lui venir en aide, mais Poutoulik a soulevé sa future femme et l'a renversée sur son épaule, malgré ses protestations et les coups de poings qu'elle lui assénait dans le dos.

Il est vraiment fort, ce jeune chasseur!

Il a projeté mon amie sur le traîneau et fait claquer son fouet. J'ai à peine eu le temps de grimper sur les fourrures avant que l'attelage ne fonce en avant. Apik suppliait…

- Poutoulik ! Arrête ! Markussi va mourir gelé.

Mais le fouet claquait de plus belle.

- Plus vite ! Plus vite ! hurlait Poutoulik à l'endroit des chiens.

En jetant un dernier regard en arrière, j'ai remarqué un point noir qui décrivait des cercles dans le ciel, précisément au-dessus de Markussi étendu dans la neige. Kouatak rôdait, j'en étais certain. Bientôt le chamane serait avisé du résultat de sa magie noire.

Quand Poutoulik a retenu son attelage pour négocier un virage et traverser un passage bordé de rochers, Apik s'est mis en boule et nous avons roulé hors du traîneau. Elle espérait échapper à Poutoulik et retrouver Markussi en revenant sur nos traces.

- Une personne seule peut mourir ici, lui a murmuré à l'oreille Poutoulik, d'une voix lugubre. Il s'était approché d'elle, sans même faire crisser la neige.

C'est le talent des véritables chasseurs de s'avancer sans bruit vers leur proie. J'aurais préféré un Poutoulik moins doué. Il a forcé Apik à remonter dans le traîneau, me laissant seul dans cette immensité enneigée.

Quel dilemme! Qui avait le plus besoin de moi? Apik ou Markussi? La question était plutôt qui pouvais-je aider le mieux? J'étais impuissant contre Poutoulik, mais j'avais tout ce qu'il fallait pour réveiller Markussi si cela était encore possible. J'ai donc pris la direction opposée au traîneau.

Comme je l'avais pressenti, Kouatak avait fait un rapport à son maître sur notre situation. Non content d'apprendre que Markussi gisait, abandonné, sur le sol gelé, le chamane désirait plus que tout s'assurer de sa mort prochaine. Il a donc laissé de côté le pendentif maudit pour se consacrer à la fabrication d'une tempête.

Au même moment Poutoulik reprenait ses esprits. Il a ordonné aux chiens d'arrêter puis il est descendu du traîneau en titubant. Il secouait la tête comme s'il se libérait d'un étau.

- Oh… Ah… Qu'est-ce qu'on fait ici ? Où est Markussi ?

- Qu'est-ce qui se passe ? ! lui a répondu Apik en sautant du traîneau. Tu ne te souviens pas ? Tu l'as assommé et tu l'as abandonné à une mort certaine !

Poutoulik était complètement abasourdi.

- Qu'est-ce que tu dis ? Non… Mais… C'est impossible ! Markussi est mon meilleur ami !

- Tu m'as même empêchée d'aller le secourir.

Et Apik a plaqué ses deux mains sur les épaules de Poutoulik pour qu'il admette son méfait.

- Je n'aurais jamais…

Enfin ! Poutoulik a cessé de nier.

- Pourquoi est-ce que je ne me souviens pas ?

- Je ne sais pas, Poutoulik, mais dépêchons-nous de retrouver Markussi, a répondu Apik avec des sanglots dans la voix. Les chiens sont repartis au claquement de fouet… Dans la bonne direction, cette fois.

Pendant que je revenais en courant de toutes mes forces sur les traces du traîneau, des nuages s'accumulaient au-dessus de ma tête. Je n'aimais pas ces masses sombres. Je ne les reconnaissais pas. J'avais bien raison de m'en inquiéter : la neige s'est mise à tomber, piquante comme des morceaux de glace.

Il était temps que je retrouve Markussi ! Un peu plus tard et il était enseveli. Heureusement, il vivait toujours. En m'approchant de son visage, son souffle m'a chatouillé le museau. Je lui ai d'abord léché le bout du nez. J'essayais d'être délicat, d'éviter un réveil trop brusque. Rien. Aucun résultat. Tant pis, j'ai pris mon élan et je l'ai mordu.

- Ouch !

- Hourra !

- Kimi ?

Markussi s'est levé en grimaçant de douleur.

- Il faut bouger, a-t-il dit en me posant sur son épaule.

Il m'enlevait les mots de la bouche. Je lui ai indiqué la bonne direction. Malheureusement la neige avait effacé les traces que nous aurions pu suivre.

Je me demandais si cette tempête, pas naturelle du tout, faisait aussi rage autour d'Apik et Poutoulik. Où étaient-ils?

Le vent hurlait autour d'Apik et de Poutoulik et la neige les aveuglait. Le traîneau s'enlisait de plus en plus. Apik poussait tandis que Poutoulik tirait. Les chiens avançaient à grand peine. Bientôt ils seraient complètement épuisés.

- Nous devons nous arrêter, Poutoulik, a crié Apik qui l'avait rejoint et tirait avec lui. C'était peine perdu : les chiens n'avaient plus la force de bouger.

Poutoulik s'entêtait à continuer. Alors Apik l'a saisi par le bras pour qu'il se rende à l'évidence.

- Nous allons tous mourir si on ne se met pas à l'abri.

C'était la vérité, l'horrible vérité!

Markussi était tombé, le visage dans la neige. Je sautais sur son dos pour l'empêcher de s'endormir.

- Allez, Markussi! Allez, debout! M'entends-tu?
  Markussi!

- Markussi…

Hein? Une voix qui m'était familière appelait mon ami.

- Grand frère, je t'ai vu à travers les ombres.

C'était la voix de la petite Mipoulouk. Je l'entrevoyais à travers les flocons de neige. Markussi l'avait vue, lui aussi, car il faisait des efforts pour se lever. Puis Saya est apparue.

- Le parcours d'un chasseur est long. Lève-toi,
  lui a-t-elle ordonné.

Mais Markussi était si faible… Soudain Apik pleurait, assise devant nous.

- Apik… Ne pleure pas, a murmuré Markussi.

Puis l'image de mon amie s'est fondue dans la bourrasque et Markussi a fermé les yeux.

Est-ce que j'avais eu des visions ? Ce froid, toute cette neige, c'était peut-être trop pour ma raison de lemming. Sans compter toutes les épreuves que Croolik mettait sur notre chemin. Cette vilaine tourmente semblait sortie tout droit de son bâton de magie. Pourtant Markussi avait réagi, lui aussi. Le danger ouvrait-il des voies subtiles de communication entre les gens qui s'aiment ? J'ai fermé les yeux à mon tour et j'ai pensé très fort à la belle couleur rose qui, un jour, avait émané du cœur d'Apik. J'ai souhaité que mon amie reçoive mon appel de détresse et qu'elle nous envoie sa lumière.

Apik et Poutoulik avaient construit un igloo de fortune.

- Quand la tempête cessera, nous irons à la recherche de Markussi, pensait tout haut Poutoulik. Peut-être…

Apik n'osait pas le contredire, mais l'espoir était si ténu. Vous auriez dû voir leurs visages s'illuminer quand nous sommes entrés dans l'igloo.

- Markussi! s'est exclamée Apik.

- Oh! mon ami! s'est réjoui Poutoulik en se levant.

Mais avant même qu'il ait eu le temps de faire un geste, Apik a sauté au cou de Markussi et l'a serré longuement dans ses bras. Comme personne ne s'occupait de moi, j'ai pu déceler une ombre qui traversait le regard de Poutoulik.

Il va sans dire que nous nous sommes tous endormis très rapidement. Le sommeil d'un lemming est toutefois aussi peu profond qu'une flaque d'eau creusée dans la glace par un rayon de soleil.

Quand la respiration de Markussi a changé de rythme, je suis remonté tout doucement à la surface. Quand il s'est levé et a souri tendrement en regardant Apik dormir, j'avais déjà un œil ouvert. Quand il s'est glissé, sans bruit, hors de l'igloo, j'étais complètement réveillé. Enfin quand Poutoulik est sorti à son tour, je me suis posté à l'entrée de l'igloo, ma curiosité l'emportant sur l'envie de rester au chaud. Je m'en suis grandement félicité car le ciel déployait une magnifique aurore boréale à laquelle se mêlaient les lueurs de l'aube. Je suis fou des aurores boréales…

- Hum…

Poutoulik s'était approché de Markussi et se râclait la gorge. Je le sentais embarrassé. J'ai reporté toute mon attention sur la conversation.

- Apik me dit que je t'ai assommé et laissé par terre, là-bas.

- Tu ne t'en souviens pas ?

- Je ne me souviens de rien.

Était-ce possible ? Il avait été si violent !

Markussi lui a mis une main sur l'épaule en signe d'amitié.

- Je sais que tu n'aurais jamais fait une chose pareille volontairement. De mauvais esprits ont agi à travers toi. Mais d'où viennent-ils ? Que veulent-ils ? Nous devons être sur nos gardes.

J'avais ma petite idée sur l'origine de nos malheurs. Et je me suis dit que j'en parlerais à Markussi dès la première occasion. Cette fois, ma résolution allait partir en fumée, comme vous le verrez plus loin.

Les chiens ont secoué leur couverture de neige et se sont étirés en bâillant. Encore ensommeillées, ces bêtes sont plutôt charmantes avec leurs beaux yeux et leur magnifique fourrure.

J'allais rentrer pour réveiller Apik quand Poutoulik a demandé à Markussi comment il avait survécu à la tempête.

- Je… j'ai eu une vision.

On aurait dit que le mot vision lui écorchait la langue. S'il tenait tellement à cacher ses pouvoirs, il aurait pu dire que c'était grâce à moi.

Après tout, je l'avais retrouvé, je lui avais fait reprendre conscience et je l'avais soutenu tout au long de… Mais Markussi a repris…

- J'ai vu Apik… qui pleurait… J'ai suivi ses larmes jusqu'à vous.

C'était si touchant ! Ça ne me dérangeait absolument pas qu'il oublie que je lui avais sauvé la vie.

- Tu as des pouvoirs, chamane, lui a dit Poutoulik.

Bien sûr, Markussi a protesté. Là-dessus, Poutoulik a répondu qu'il en aviserait Apik. Ce à quoi Markussi a répliqué qu'elle connaissait déjà ses dons.

Oups !

- Tu lui as dit en premier ? a questionné Poutoulik avec un soupçon de reproche dans la voix.

Il y a eu un silence puis des croassements si désagréables que je les aurais reconnus entre mille…

Chapitre 13

Les choix de Markussi

Kouatak était un oiseau de mauvaise augure, c'est le cas de le dire. Je me doutais qu'il s'était empressé de rejoindre son maître pour lui annoncer que nous avions tous survécu à la tempête. J'imaginais la déception et la colère du chamane.

J'ai appris, plus tard, toujours de source sure, que Croolik était entré dans une rage folle. Il tapait du pied et du bâton en criant : « Je veux, qu'il meure ! Qu'il expire son dernier souffle ! Qu'il crève ! Qu'il mange les lichens par la racine ! Je vais le changer en bloc de glace ! Non... Je sais... Je vais le réduire en cendres. » Il paraît qu'il a mis sa hutte sens dessus dessous.

Chaque fiole, chaque liquide douteux, chaque plante vénéneuse qu'il trouvait, il les jetait dans l'huile qui bouillait au-dessus de sa lampe. Finalement, comme dernier ingrédient, il a pris un couteau, s'est tailladé un doigt et a fait tomber quelques gouttes de son propre sang dans sa concoction. Pouah !

Pendant que nous poursuivions notre route, je m'attendais à tout moment à une nouvelle calamité. Tomberait-elle du ciel ? Surgirait-elle de la terre ? De l'eau ? Ça devenait franchement angoissant. Mais comme chaque étape demandait beaucoup d'énergie et d'attention, je n'avais toujours pas trouvé le bon moment pour révéler à Markussi tout ce que j'appréhendais.

Un nouveau jour s'était levé sur notre aventure. Le soleil, suspendu derrière une mince couche de nuages, semblait avoir pris feu.

Apik était assise dans le traîneau que Markussi conduisait et Poutoulik courait derrière. J'étais inquiet. De mon capuchon, je scrutais la couleur du ciel quand des colonnes de feu ont jailli tout autour de nous.

- Markussi ! Qu'est-ce qui arrive ?

- Je ne sais pas, Apik.

Et voilà ! Le fléau sourdait des entrailles de la terre. Les chiens, terrorisés, ont figé devant les flammes. Leurs hurlements rendaient la situation encore plus dramatique. Même moi j'avais du mal à retenir mes cris.

- Ce sont les esprits ! Ils sont en colère contre nous. Nous devons retourner au camp.

- Non, Poutoulik. Ce sont des forces du mal qui essaient de nous effrayer et de nous éloigner de Sarila, a répondu Markussi.

J'étais d'accord avec lui, mais était-ce nécessaire de les braver ? Les éruptions se multipliaient. En tout cas, Markussi, lui, avait décidé d'affronter ces manifestations diaboliques.

- N'ayez pas peur. Allons-y !

Pendant que Markussi encourageait les chiens à traverser les flammes malgré leur terreur, Poutoulik restait sur place et nous criait de revenir. Avait-il vraiment l'intention de retourner au campement? Cette idée lui avait probablement traversé l'esprit, mais Poutoulik n'est pas un lâche.

Jamais il n'aurait laissé son meilleur ami et sa future femme, seuls au milieu d'un terrible danger. Il s'est donc remis à courir dans notre direction, en zigzagant à travers les flammes.

La croûte enneigée était embrasée, percée d'une multitude d'éruptions, et le ciel ressemblait à une immense coulée de lave. La fumée de plus en plus dense rendait l'air irrespirable. Il n'y avait plus d'issue possible. Les chiens, un à un, hurlaient puis s'effondraient. Nous allions mourir asphyxiés. Je n'arrivais même plus à crier tellement je suffoquais.

- Fais quelque chose, Markussi, a supplié Apik.

- Sors-nous de là. Utilise tes pouvoirs, chamane, l'a défié Poutoulik avant de tomber.

- Je ne suis pas un chamane.

- Oui, tu l'es, lui a lancé Apik dans un suprême effort.

Puis elle a perdu conscience.

J'ai souvent constaté qu'une embûche cachait un cadeau. Combien de fois une course pour échapper à un prédateur m'avait-elle conduit à une talle de petits fruits dont j'ignorais l'existence ? Alors si on me demandait quel présent nous avons reçu de cette épreuve presque mortelle, je répondrais « un chamane ».

Markussi était placé devant un choix difficile : protéger sa tranquillité en refusant d'admettre sa vraie nature et… mourir en héros avec ses amis ; ou accepter ses responsabilités et… demander l'aide des Esprits qui guident les chamanes.

- Oupik… Esprit protecteur… Mon protecteur… Viens… Aide-nous ! a prié Markussi, avant de s'allonger sur le sol rougi.

J'ignore si ce que je vais vous dépeindre est un rêve ou si je l'ai vraiment vu alors que j'étais à demi inconscient. Est-ce important ? Je ne crois pas.

Une magnifique lumière balaie la couleur pourpre qui salissait le ciel, lui redonnant une clarté presque pure. Puis les lueurs du Nord, celles que j'affectionne tant, se rassemblent pour former un canal multicolore d'où émerge Oupik.

Le harfang des neiges - l'esprit protecteur de Markussi est un harfang des neiges ! - décrit de grands cercles au-dessus de l'épaisse fumée qui nous enveloppe. À chaque battement de ces longues ailes blanches, la fumée se dissipe, les flammes meurent et l'air s'assainit.

Je respire profondément et je souris en me répétant « si je me réincarne en oiseau, je serai un harfang des neiges. »

Quand Apik nous a réveillés, une neige rafraîchissante nettoyait l'atmosphère des dernières parcelles de suie. La pleine lune éclairait le sol, à nouveau recouvert d'un manteau blanc.

- Nous sommes vivants ! s'est émerveillé Poutoulik.

Oui, Markussi avait fait le bon choix ! Je n'étais pas encore prêt pour le grand voyage au pays de mes ancêtres ni pour la réincarnation. Je ne déployais pas d'ailes, mais j'étais drôlement content de m'étirer les pattes.

Près de l'igloo de fortune, les chiens dormaient, serrés les uns contre les autres. Ils avaient bien besoin de repos. Nous aussi. Malgré tout, le temps accordé aux simples gestes du quotidien effaçait les restants d'anxiété et nous redonnait la volonté de poursuivre notre quête.

Pendant que Markussi jouait de la flûte et que Poutoulik peignait les cheveux soyeux d'Apik, moi j'avais droit aux caresses de mon amie. C'était si relaxant !

- Pourquoi arrêtes-tu ? a demandé Apik à Poutoulik qui venait de déposer le peigne par terre.

- On a besoin de dormir, a-t-il répondu avant de se coucher, en nous tournant le dos.

Ce qui suit s'est réellement passé, je vous l'affirme. Doucement le peigne s'est mis à flotter dans l'air comme soulevé par la mélodie que Markussi jouait. Puis il s'est dirigé vers Apik qui me tenait sur ses genoux et s'est mis à la peigner. Surprise, Apik a regardé Markussi qui a cessé de jouer et lui a souri.

Oh ! la ! la ! Quel sourire charmeur ! Les battements de cœur d'Apik vibraient si fort qu'un peu plus ils me jetaient par terre. C'est Poutoulik qui a rompu le charme sans le savoir.

- Allez-vous attendre jusqu'au matin avant d'éteindre la lampe ?

Une fois l'igloo dans la pénombre, Poutoulik et Apik se sont endormis. Moi, je me suis lové dans le cou de mon amie et je savourais le parfum de son souffle, les yeux entrouverts.

Markussi, assis dans son coin, regardait dormir Apik. Dans ses yeux, je décelais une lueur qui ressemblait à de la satisfaction. Espérait-il avoir séduit mon amie avec son petit tour de magie ? La réponse à ma question a surgi de façon tout à fait inattendue.

- Markussi, a prononcé une voix que j'ai tout de suite reconnue. Tu as utilisé ton pouvoir à des fins personnelles. Veux-tu vraiment être cette sorte de chamane ?

Cette fois, j'étais complètement éveillé et je l'ai vu en personne : Oupik, faisait face à Markussi, de légers battements d'ailes le tenant en suspension au beau milieu de l'igloo.

- Qu'est-ce que tu veux dire ? a demandé Markussi.

C'est drôle, moi j'avais tout de suite compris de quoi il s'agissait.

- Tu es attiré par Apik. Cependant c'est à elle de choisir son partenaire. Toi, tu as un autre choix à faire : te servir de tes pouvoirs pour toi-même ou pour le bien du clan.

Et sur ses paroles, Oupik est reparti dans un bruissement d'ailes.

Pourquoi ne pas faire les deux ? Je me suis posé la question parce que, sincèrement, j'avais très envie qu'Apik devienne la femme de Markussi.

En réfléchissant bien, je suis arrivé à la conclusion que Markussi n'avait nullement besoin d'ensorceler Apik pour qu'elle l'aime. C'était déjà fait depuis longtemps. Et il n'avait eu qu'à être lui-même.

Mais Apik avait été promise à Poutoulik. Ma belle amie avait probablement sa propre quête à achever.

Chapitre 14

L'impasse

De jour en jour, nous espérions atteindre Sarila.
Le traîneau filait à vive allure et l'étape s'annon-
çait plutôt calme quand Apik s'est écriée…

- Attention ! Regardez devant !

Une énorme crevasse nous coupait la route. Et
nous nous dirigions droit sur elle.

Markussi a couru attraper le chien de tête et
s'est pendu à son cou pour le retenir. Derrière,
Poutoulik tirait sur le traîneau de toutes ses
forces pour l'arrêter.

Nous l'avons échappé belle ! J'ai moi-même jeté un coup d'œil au-dessus du précipice. Il était sans fond. En tout cas, s'il y en avait un, je ne l'ai pas vu. J'en ai eu le vertige.

- Qu'est-ce que tu en penses ? a demandé Markussi à Poutoulik.

- C'est une impasse.

- Vraiment ? J'imaginais qu'on pourrait sauter par-dessus.

Euh… Heureusement, Markussi n'était pas sérieux.

- Oh non ! C'est un cul-de-sac, c'est sûr, a répondu Poutoulik. Parole de chasseur !

Je le croyais sans hésiter, mais alors quelle direction prendre ? À droite ? À gauche ? Cette fissure paraissait sans fin. Apik a suggéré de demander aux os de divination. Je suis toujours très excité quand Markussi lance les petits os. J'aime les surprises. D'abord, ils tombent sur le sol n'importe comment puis ils s'enlignent et pointent dans une direction. Et moi j'essaie de deviner laquelle avant qu'ils soient complètement immobiles.

« Droit devant » indiquaient les osselets. C'était sûrement une erreur. Un caillou ou un morceau de glace les avaient peut-être fait dévier. J'ai inspecté le sol : rien. Cela nous semblait complètement insensé.

- Lance-les de nouveau, a suggéré Poutoulik.

Même résultat !

- Voyons, cette crevasse est infranchissable !

Apik exprimait sa consternation et j'étais tout aussi dérouté qu'elle.

Poutoulik déteste les énigmes. Il aime que les choses soient claires. D'un coup de pied rageur, il a fait voler les os dans tous les sens. Et, croyez-le ou non, ils ont atterri de l'autre côté de la crevasse, se sont alignés et ont indiqué, pour la troisième fois, « droit devant ». C'était si étonnant que nous sommes restés là, Markussi,

Apik et moi-même, à contempler cette impossibilité. Poutoulik, lui, était retourné au traîneau, chercher un harpon.

- Si les os disent « droit devant », nous irons droit devant, a-t-il annoncé pour nous sortir de notre hébétude.

- Mais Poutoulik, il n'y a pas de chemin droit devant.

- Oui, Apik, il y en a un si nous volons.

Là-dessus, Poutoulik a rassemblé toutes ses forces et a lancé le harpon au-dessus de la crevasse. L'arme de chasse s'est enfoncée profondément dans la glace, de l'autre côté.

Poutoulik a ensuite pris son couteau et l'a fixé dans la glace, de notre côté. Enfin, il a enroulé la corde fixée au harpon autour du couteau et l'a attachée solidement.

- Si vous voulez traverser une crevasse, ne demandez pas l'aide d'un chamane, demandez celle d'un chasseur, a dit Markussi, impressionné.

D'ailleurs nous étions tous en admiration devant l'esprit de décision de Poutoulik. Par contre, je n'étais pas rassuré du tout : une corde en guise de pont… Je l'ai donc examinée de près. Je l'ai sentie. Je l'ai touchée. Je l'ai goûtée. Oh! J'ai donné seulement un petit coup de langue… Elle avait été fabriquée avec des fibres animales tressées très serrées. Elle était solide, c'est sûr. C'était déjà ça de gagné. Moi, je savais que je ferais ce périlleux trajet dans le capuchon d'Apik, mais les chiens? Et le traîneau?

Heureusement, dans les bagages, il restait plusieurs cordes. Markussi et Poutoulik ont fait des allers-retours avec les chiens. Apik se chargeait de les attacher solidement sur le dos des deux garçons. Markussi a traversé le premier avec son chien de tête. Poutoulik en second avec un deuxième chien. Markussi a retraversé puis est reparti avec un troisième chien. Poutoulik a retraversé également pour emmener un quatrième chien. Markussi est revenu de notre côté puis a franchi encore une fois la crevasse avec le dernier chien. Poutoulik a traversé une quatrième fois pour organiser le passage du traîneau à l'aide d'une deuxième corde fixée en parallèle.

J'avais mal aux pattes rien qu'à les regarder suspendus par les mains et les pieds. Poutoulik a attendu qu'Apik et moi soyons arrivés sains et saufs de l'autre côté. Inutile de vous dire que je n'ai pas regardé une seule fois en bas. Quel courage elle a cette jeune fille! J'en suis fou! Est-ce que je l'ai déjà dit?

Ensuite Poutoulik, Markussi et Apik ont fait passer le traîneau d'une rive à l'autre à l'aide des deux cordes. Jusque-là, il y avait eu onze traversées. Je les ai comptées, mais vous pouvez vérifier. Pour une corde, un harpon et un couteau, ça totalisait beaucoup de poids et de vibrations. Il ne restait plus qu'un ultime passage à réussir : celui de Poutoulik.

Avez-vous déjà remarqué combien les derniers pas à franchir dans une épreuve sont angoissants? Comme si c'était toujours le plus près du but que nous guettait le plus grand danger. Par exemple, je cours, je cours pour échapper à un renard. Vite! Vite! De plus en plus vite! Ça y est! Je l'ai semé. Et au moment où j'aperçois enfin mon nid, l'ombre d'un faucon pèlerin se profile juste au-dessus de ma tête. C'est comme ça que cela se passe, la plupart du temps. Mais revenons à notre traversée au-dessus du gouffre.

Soudainement, la tension de la corde a lâché faisant balancer Poutoulik dangereusement, quelques mètres plus bas. Que s'était-il passé ? Est-ce que la corde s'était effilochée et menaçait de tomber dans le vide ? Non ! C'était le couteau, de l'autre côté, qui glissait doucement vers le bord de la crevasse. Les frottements de la lame sur la glace avaient dû réchauffer celle-ci, et elle ne tenait plus le couteau en place. C'était une catastrophe !

Poutoulik a tenté prudemment d'avancer. Il avait à peine franchi quelques centimètres que la corde a bougé de nouveau. Il a failli tomber. Il se retenait d'un seul bras et son corps se balançait au-dessus du vide. Une fois stabilisé, il s'est avancé vers Markussi qui lui tendait la main. Oui ! Il l'a attrapée. Oui ! Il était sauvé ! Noooon ! La corde s'est encore abaissée et leurs mains se sont séparées.

Cette fois, il était trop loin. Nous ne pouvions plus lui porter secours. Poutoulik a su qu'il n'y avait plus d'espoir. La peur a assombri son regard et terni les couleurs vives qui l'entouraient. Puis la bravoure du chasseur qui affronte la mort l'a emporté sur la terreur.

- Ç'aura été une belle chasse, mes amis.

- Elle n'est pas terminée, a répondu Markussi fermement.

Qu'est-ce que ça signifiait? Avait-il trouvé une solution?

Je me suis tourné vers Markussi. Il fixait le couteau intensément. Toute sa volonté était concentrée sur l'arme blanche. Je pouvais même ressentir les ondes qui forçaient le couteau à se remettre en place. Lentement, il s'est éloigné du bord et s'est fixé dans la glace. La corde a retrouvé la bonne tension. Apik et Markussi ont tendu leurs mains.

- Maintenant! a crié Markussi à Poutoulik qui a lâché la corde pour les attraper.

Ensemble, dans un effort extrême, les deux amis ont hissé Poutoulik hors de la crevasse. Cette fois, c'était vrai : il était sauvé.

- Sarila a besoin d'en valoir la peine, a dit
Markussi en reprenant son souffle.

Et j'ai pensé : « Sarila a besoin d'exister. »

Chapitre 15

La clé

Il nous a fallu un certain temps pour nous remettre de nos émotions. Malgré tout, il n'a jamais été question d'abandonner notre voyage. Par chance, il y a eu quelques étapes tranquilles. Pourtant, j'avais l'impression que nous étions surveillés. Parfois, un frisson me parcourait l'échine comme si un battement d'ailes, loin dans le ciel, remuait de mauvais présages.

- D'abord une crevasse et maintenant un mur ! s'est écriée Apik en observant les os de divination qui pointaient une falaise de glace.

À notre grand étonnement, la hache, avec laquelle Poutoulik a frappé le mur, a rebondi et le pauvre s'est retrouvé sur le dos. Je ne connais pas grand-chose aux glaciers, mais il m'a semblé que cette surface était étrangement dure. En fait, je ne suis même pas certain que la hache l'ait atteint.

- Le mur n'est même pas éraflé!

- T'en fais pas, Poutoulik! Tu as bien dû le fendre quelque part, l'a encouragé Markussi.

Puis il s'est mis à chercher une petite égratignure en passant ses mains sur la surface glacée. Pas la moindre griffure, mais…

- C'est étrange…

Markussi semblait voir quelque chose. Il a frotté le glacier comme s'il voulait le polir. Et nous l'avons vue, lui et moi.

- Ah! Sedna!

Elle se mouvait à l'intérieur du glacier aussi gracieusement qu'elle nageait dans l'eau.

- Qui ? a demandé Apik.

- Sedna ? Où ça ? cherchait Poutoulik.

- Vous ne la voyez pas ? Elle est là, dans la glace.

Non, ils ne la voyaient pas.

- Sois le bienvenu aux portes de Sarila, Markussi. Tu as réussi.

- Merci, Sedna. Mais je n'y serais jamais arrivé sans Apik et Poutoulik.

Et moi alors ? C'est vrai que je n'avais encore rien fait de très spectaculaire, mais j'avais depuis le début le sentiment que je serais utile à mes amis, un jour ou l'autre.

Est-ce que Poutoulik et Apik entendaient la déesse ?

- Il parle avec Sedna ? s'est étonné Poutoulik en se tournant vers Apik. À propos de nous ?

Non, ils ne l'entendaient pas non plus. Et la conversation a continué.

- Tu possèdes une grande richesse, Markussi : des amis au cœur pur. Vous pourrez entrer à Sarila si vous trouvez la clé.

- Quelle clé ?

- La clé qui est à l'intérieur de chacun de vous.

- La clé… à l'intérieur de nous ? Je ne comprends pas.

Peut-on avoir une clé à l'intérieur de soi ? J'ai déjà entendu parler des chèvres, ces bêtes qui vivent dans le Sud et mangent n'importe quoi, mais…

Sedna disparaissait et le mur redevenait opaque.

- Attends ! Sedna ! Sedna !

Markussi était déçu et Poutoulik complètement stupéfait.

- Ça doit être une énigme, a décrété Markussi.

Je m'inquiétais un peu de la réaction de Poutoulik. Il n'aime pas trop les devinettes, comme vous le savez. Heureusement, Markussi a pris sa flûte.

- Ça m'aide à réfléchir…

Poutoulik et Apik ont échangé un sourire complice. Quand Markussi joue, l'atmosphère s'égaie immédiatement et j'ai des fourmis dans les pattes.

Apik a improvisé des paroles sur la mélodie. Quelle jolie voix ! Irrésistible ! Poutoulik a accepté l'invitation d'Apik et s'est mis à chanter, puis Markussi a délaissé sa flûte et a mêlé sa voix à celles de ses amis.

La chanson s'est transformée en jeu de gorge. Rien que pour avoir le plaisir d'assister à cet échange fascinant, je revivrais toute cette aventure ! Euh… Peut-être pas entièrement… En tout cas, je choisirais encore et encore de risquer ma vie pour qu'Apik m'adopte.

Je vous explique. Deux personnes sont face à face et se tiennent par les épaules. Par exemple, Apik et Markussi. Apik fait un son avec sa gorge, Markussi lui répond avec un autre son de gorge. Apik le relance et… Markussi a ri, il a perdu. Ensuite Poutoulik a joué avec Apik, mais il n'a pas tenu longtemps. Il a vite été à bout de souffle. Finalement, nous avons tous ri... à gorge déployée.

- Mon père a toujours dit qu'un rire pouvait faire fondre la glace, a dit Apik.

Je me souvenais du moment où Kauji, le papa d'Apik avait dit à propos de sa femme, Jiniak : «Ta mère est imbattable. Quand elle nous fait rire, cela peut faire fondre la glace.» C'était la veille de notre départ. Apik avait joué avec Jiniak et avait perdu. Vous en souvenez-vous ?

Nous avons tous regardé du côté de la falaise. Rien n'avait bougé.

- Et si la clé était notre amitié, a ajouté Apik. Celle qui nous a donné le courage de surmonter tous les dangers. Celle qui nous a révélé nos forces et qui nous a fait prendre la responsabilité de nos talents.

Sur ces mots, Markussi a posé ses mains sur la falaise de glace et nous avons dirigé toute notre énergie vers lui.

Alors, venant du cœur du glacier, un rayon lumineux a foncé jusqu'à nous à la vitesse de l'éclair. Il était si brillant que nous nous sommes détournés pour protéger nos yeux. Quand nous avons de nouveau fait face au glacier, il s'ouvrait sur un tunnel.

C'était si excitant ! Markussi et Apik se sont assis sur le traîneau. Poutoulik, debout à l'arrière, a fait claquer son fouet. C'était parti !

Nous étions euphoriques. Je crois que la vitesse vertigineuse à laquelle nous glissions dans le tunnel de glace y était pour quelque chose. Les chiens jappaient joyeusement. Même moi, je m'amusais à jouer au lemming flottant, accroché au capuchon d'Apik. Et croyez-le ou non, j'ai même chevauché un des chiens. D'ailleurs, je suis tombé dans un tournant et Poutoulik, toujours aussi rapide, m'a récupéré au passage. Je n'ai même pas eu le temps d'avoir peur.

Les murs sur lesquels le traîneau grimpait à chaque tournant semblaient émettre leur propre lumière et toutes sortes de dessins inuits les illuminaient. C'était magnifique.

Et puis, il y a eu ce dernier droit au bout duquel nous avons vu l'entrée… Nous atteignions enfin Sarila !

Troisième partie

SARILA

Chapitre 16

L'émerveillement

Imaginez le choc ! À l'entrée du tunnel, nous frissonnions dans la toundra infiniment blanche ; au bout du tunnel, nous débouchions dans une vallée où un été perpétuel faisait exploser mille et une couleurs. Sarila ! Non seulement cette contrée mythique existait, mais elle était d'une splendeur à couper le souffle.

- C'est merveilleux !

- Nous avons réussi !

- C'est plus beau que tout ce que j'avais imaginé !

- C'est extraordinaire !

- C'est si beau!

- Gibier, baies sauvages, légumes printaniers…
Le clan aura un grand festin.

Pendant que mes amis s'extasiaient, je courais déjà comme un chien fou (drôle d'expression pour un lemming!). Je sautais après les papillons, m'enivrais du parfum des fleurs, goûtais une baie par-ci, grignotais un bout de lichen par-là, me chauffais au soleil (trois secondes), batifolais avec les lapins et faisais des allers-retours entre mes amis et ce paradis retrouvé… Jusqu'au moment où j'ai aperçu un renard qui me contemplait avec appétit. J'ai pensé qu'il serait plus prudent de m'installer sur l'épaule d'Apik pour continuer l'exploration de Sarila. Mon amie cueillait des petits fruits et m'en offrait. Ils étaient tous délicieux même ceux que je ne connaissais pas du tout.

- Le clan n'en reviendra pas… Des baies en cette saison! a dit Apik qui souriait à l'idée d'émerveiller ses parents.

Mais nous étions venus à Sarila surtout pour chasser. Poutoulik, ses fibres de chasseur en alerte, scrutait le paysage.

- Regardez!

Il venait d'apercevoir un chevreuil. Poutoulik et Markussi se sont avancés sans faire de bruit. Poutoulik a levé doucement sa carabine, a visé et…

- Wiii wiii !

Markussi s'est adressé au chevreuil dans sa langue. Puis, il a quitté le buisson derrière lequel il se cachait et la jeune femelle, au lieu de s'enfuir, s'est approchée de Markussi.

Pouvez-vous imaginer l'impatience et la frustration de Poutoulik qui attendait pour tirer.

- Ôte-toi de là, Markussi !

Il avait parlé trop fort. Le chevreuil s'est enfui.

- Pourquoi tu ne l'as pas tuée, Markussi ?

- Je ne pouvais pas. Elle attend un petit.

La réponse de Markussi n'avait rien pour satisfaire Poutoulik.

- On est venu ici pour chasser !

Markussi n'a pas voulu discuter et les deux compagnons se sont séparés.

Apik et moi, nous avions découvert une chute d'eau avec un bassin très invitant. Surtout pour mon amie : je ne suis pas particulièrement

attiré par la baignade. Mais cette eau lim-
pide avait l'air si rafraîchissante! Le temps
de dire papillon, mon amie avait disparu
derrière le rideau bouillonnant.

- Viens, Kimi. L'eau est bonne!

Hein? Quoi? Apik venait de réapparaître,
émergeant de l'eau calme comme une ondine.
Pour lui faire plaisir, je me suis trempé le bout
d'une griffe, puis je me suis vite rabattu sur un
papillon pour faire diversion.

Tout était si paisible. Dans le lointain, nous
entendions des coups de feu, assourdis par
l'abondante végétation. Poutoulik chassait.
Je dois admettre que ce jeune homme a un
sens aigu des responsabilités.

De son côté, Markussi pistait le gibier, armé
de sa lance. Avec un peu moins de succès que
son ami, il faut bien le dire. Mais, à chacun
son destin… Au bout d'un sentier, Markussi
a débouché sur une clairière verdoyante où le

ciel se mirait dans un étang d'eau cristalline. Au moment où il se penchait pour s'abreuver, le visage de la déesse Sedna a brouillé l'onde.

- Tu as passé toutes les épreuves, lui a-t-elle annoncé en flottant hors de l'eau.

Markussi m'a raconté qu'elle lui a caressé le visage. Il en était encore tout ému.

- Est-ce que tu vas délivrer les animaux, Sedna ? Mon clan va-t-il pouvoir chasser à nouveau ? a-t-il questionné, une fois l'émotion passée.

- Tu dois réaliser encore une petite chose pour moi, Markussi.

- Dis-moi ce que c'est et je le ferai.

Je trouve que Sedna exagère parfois.

- Non, un vrai chamane sait ce qu'il doit faire.

Tu parles d'une réponse !

Et malgré l'insistance de Markussi, elle s'est obstinée à ne rien lui révéler ; pas le moindre indice.

- À ton retour, Markussi, accomplis ce que tu dois accomplir, et les animaux seront libérés.

Pour Markussi, l'émerveillement avait fait place au doute.

Chapitre 17

L'ensorcellement de Markussi

S'il y a une chose que j'appréciais de Sarila, c'était la certitude qu'aucun oiseau de malheur dénommé Kouatak ne pouvait y pénétrer. Je nous croyais parfaitement hors de danger. Ce que je vais vous raconter maintenant dépasse tout ce que nous avions vécu jusque-là.

Comme vous le savez, Poutoulik et Markussi chassaient chacun de leur côté. Intrigué par le bruit de la chute, Markussi nous avait retrouvés, Apik et moi. Il avait rejoint mon amie dans l'eau sans hésiter, lui. Si vous voulez mon avis, il aurait suivi Apik n'importe où. Bref, tous les deux jouaient à s'éclabousser.

Et ce petit jeu les rapprochait de plus en plus. Cela avait l'air bien innocent, mais moi je sentais parfaitement les courants d'énergie qui s'échangeaient entre leurs cœurs et leurs yeux. Je n'osais plus bouger, ni respirer : ils allaient se donner un baiser.

Paw ! Le coup de feu a éclaté comme le tonnerre dans un ciel bleu. Imaginez ! La balle a frappé l'eau tout près de Markussi. Un peu plus et le jeune chamane était touché. Ce devait être une balle perdue. Mais qui pouvait bien tirer dans notre direction ?

C'est Markussi qui a repéré Poutoulik le premier. Il se tenait sur le bord d'un cap rocheux.

- Poutoulik ! Fais attention. Nous sommes là, lui a crié Markussi.

Paw ! Une seconde balle a frôlé son épaule.

- Il tire sur nous ! s'est exclamée Apik, complètement stupéfaite.

Pourtant ce n'était le moment ni de s'étonner ni de se poser des questions. Apik et Markussi ont retraversé le mur d'eau derrière lequel ils avaient laissé leurs vêtements et se sont habillés à la vitesse de l'éclair. J'ai à peine eu le temps de sauter dans mon capuchon qu'une course contre la mort commençait.

Pendant que nous filions dans la forêt, les balles sifflaient au-dessus de nos têtes. Nous dépassions un bosquet quand Markussi s'est arrêté net et s'est mis à grogner. La tête d'un ours a surgi au-dessus du feuillage. Je me suis dit « sauve qui peut! », mais Markussi lui a fait cette requête.

- Grrrr... Grrr... Grrr... Grand ours, je t'en prie, effraie le jeune chasseur qui nous poursuit. S'il te plait, sans le blesser.

J'avais tout compris. Je n'en croyais pas mes oreilles! Est-ce que j'allais devenir plurilingue comme Markussi? Il semblait bien que le danger aiguisait mes sens et accroissait mes dons...

L'ours a accepté d'un signe de tête puis il a disparu. J'ai appris plus tard comment il avait apeuré notre poursuivant.

L'immense bête noire s'est dressée devant Poutoulik, a donné un coup de patte sur sa carabine et l'a renversé sur le dos. Puis l'ours lui a reniflé le visage en grognant. Finalement, il s'est éloigné, laissant Poutoulik avec plus de peur que de mal.

Pendant ce court répit, nous avions continué notre fuite éperdue jusqu'au pied du glacier. Poutoulik, lui, s'était vite remis de sa frousse. Quelle force l'animait pour qu'il soit si rapide ? Je le sentais qui nous talonnait. Malheureusement, Apik s'essoufflait. Elle a dû faire une pause pour reprendre son souffle.

- Markussi, qu'est-ce qui arrive à Poutoulik ? Crois-tu qu'il est jaloux ?

- Je le crois, oui.

Paw ! Une autre balle fendait l'air. Poutoulik nous avait rattrapés ! Comment lui échapper ? Grimper sur le glacier. Mais il était plein de pièges : des crevasses, des grottes, des cavernes de glace. Pendant que nous l'escaladions, je l'entendais gronder. C'était terrifiant ! J'avais l'impression qu'un monstre logeait à l'intérieur du glacier et qu'il venait de se réveiller. Il allait ouvrir sa gueule et nous avaler tous les trois.

Markussi a entraîné Apik dans un étroit corridor, entre deux très hautes parois. Il y avait peut-être une sortie de l'autre côté…

- Attention !

Un énorme bloc de glace s'est détaché du haut d'une paroi et a chuté juste devant nous, refermant le passage. Nous n'avions pas d'autre choix que de revenir sur nos pas.

Trop tard ! À l'autre bout, Poutoulik pointait sa carabine sur nous.

- Poutoulik !

Markussi s'est placé devant Apik pour la protéger.

- Que veux-tu ?

- Je veux… ta mort !

Cette voix… Elle me rappelait quelqu'un… C'était la voix de Croolik ! La voix haineuse du chamane. Je devais me souvenir de quelque chose, mais de quoi ?

- Écoute-moi, a dit Apik le plus calmement possible tout en s'approchant de Poutoulik. Je sais que c'est difficile. Nous n'étions que des enfants lorsque nous avons été promis l'un à l'autre… Les sentiments changent…

- De quoi tu parles ? Tout ira bien quand il sera mort, lui a répondu Poutoulik.

La jalousie l'avait-elle rendu fou ? Pourtant non… Il y avait plus que ça. Et le monstre dans le glacier qui grondait de plus en plus fort… Je n'arrivais pas à réfléchir. Soudain j'ai aperçu un rougeoiement dans le cou de Poutoulik. Ç'a été comme un déclic dans ma mémoire. J'ai tout compris. C'était le pendentif ! C'était le moment ou jamais de parler à Markussi. J'ai débité le plus rapidement possible ce que je savais à propos de cette fausse amulette à tête de loup. D'un seul coup, Markussi a réalisé ce qui se passait.

- C'est le pendentif, Poutoulik ! Croolik te contrôle à travers le pendentif qu'il t'a offert.

- Toi ! Espèce de chien sournois ! Tu veux usurper mon pouvoir. Je vais te montrer qui est le vrai chamane.

Le visage de Poutoulik était si déformé par la haine qu'il ressemblait à Croolik lui-même. Il avançait courbé en s'appuyant sur son arme et il frappait le sol avec la crosse de son fusil. Je regardais Poutoulik et je voyais le vieux chamane qui battait le sol de sa hutte avec son bâton de magie. Croolik frappait le sol, Poutoulik frappait le sol. Le monstre du glacier ouvrait sa gueule ! Une énorme crevasse dentelée fendait le sol. Apik, mon Apik a perdu l'équilibre. Sans Markussi qui l'a rattrapée par la main, elle disparaissait dans le ventre du glacier. Alors, j'ai su que mon moment était venu.

J'ai bondi sur Poutoulik. Sous une pluie de coups et malgré ses efforts pour me faire tomber, j'ai commencé à ronger la cordelette qui retenait le pendentif. Je pouvais entendre les efforts de Markussi pour retenir mon amie. Je pouvais ressentir la terreur d'Apik.

Je rongeais… je rongeais… Férocement! Je suis un mammifère plutôt gentil. Mais je vous jure qu'à ce moment-là, j'étais si déterminé que mes dents auraient pu déchiqueter un ours tout entier. La cordelette a cédé. Victoire! Le pendentif est tombé.

- Markussi?

Poutoulik avait retrouvé sa voix, et ses traits leur aspect normal. Il s'était redressé. Sans vouloir me vanter, je l'avais libéré de son ensor-cellement. J'ai vite couru rejoindre Markussi qui avait, lui aussi, constaté le changement chez son ami.

- Vite, Poutoulik, aide-moi! a crié Markussi.

Apik avait de moins en moins de force et Markussi la retenait à bout de bras. Poutoulik a sauté sur une minuscule corniche. Au risque de sa vie, je vous l'affirme.

- Attrape ma main, Apik!

Mais elle craignait Poutoulik maintenant.

- Non! Tu es…

- Fais-lui confiance, a dit Markussi.

C'est au jeune chamane qu'elle faisait entièrement confiance. Elle a tendu sa main. Markussi et Poutoulik ont uni leurs forces et ramené Apik sur la terre ferme. Vous rendez-vous compte que, dans cette aventure, mes trois amis se sont sauvés la vie à tour de rôle ?

Et cette fois-ci j'étais trop heureux d'avoir aidé mes amis quand le glacier s'est mis à trembler. J'ai crié, mais l'avalanche galopait vers nous comme une harde de rennes affolés. Nous allions mourir tous les quatre ensevelis sous la neige.

Quatrième partie

LE RETOUR

Chapitre 18

Pendant ce temps... Mipoulouk

Nous étions partis depuis plusieurs lunes déjà. Au campement, la situation était devenue critique, surtout pour les plus jeunes. Uliak et sa femme avaient perdu un bambin. La mort planait au-dessus du clan et tous les membres craignaient qu'elle ne fonde à nouveau sur un être vulnérable.

Mipoulouk, la petite sœur de Markussi, s'inquiétait elle aussi pour une personne qu'elle aimait beaucoup. Vous l'avez deviné : il s'agissait de Saya, injustement punie.

Condamnée par le clan à s'exiler sur la banquise, la guérisseuse s'était construit un modeste igloo du mieux qu'elle avait pu. Les murs trop minces laissaient passer le vent et le froid. Elle n'avait pas eu la force d'aménager une plateforme de neige, et la peau de caribou sur laquelle elle dormait était posée à même le sol. Aurait-elle survécu sans l'aide de Mipoulouk qui bravait les interdits pour lui apporter un peu de nourriture? J'aime mieux ne pas y penser. Dès qu'elle pouvait s'échapper avec Kajuk, la fillette lui apportait des tisanes ou des concoctions faites à partir d'herbes séchées comme Saya le lui avait appris.

Ce jour-là, Mipoulouk et son chiot avaient trouvé Saya, couchée et affaiblie.

- Saya... Saya... Je t'ai apporté quelque chose à boire. Un remède fait avec du lichen noir.

- Tu es si brave, Mipoulouk. C'est défendu de venir me voir, et toi, une toute petite fille, tu défies la loi des grands.

- Je ne veux pas que tu meures, Saya, a murmuré Mipoulouk en lui tendant le bol.

Saya a pris quelques gorgées puis a enchaîné…

- J'ai rêvé de Markussi.

- C'est vrai ?

Mipoulouk était si impatiente de revoir son grand frère que même un rêve illuminait son regard.

- Toi et Markussi, vous étiez assis sur un grand traîneau conduit par plusieurs chiens. Le traîneau s'élevait dans le ciel et montait jusqu'aux étoiles.

Mipoulouk et Saya, complètement absorbées par cette vision, n'ont pas remarqué Kajuk qui reniflait et grattait les murs de l'igloo. Quelqu'un avait suivi Mipoulouk…

- Tu peux bien rêver de Markussi tant que tu veux, c'est la seule place où tu le reverras, pauvre Saya.

Croolik avait fait irruption dans l'igloo comme un vent mauvais.

- Ton Markussi est enseveli sous la neige, a-t-il continué méchamment.

Puis il a éclaté d'un rire sardonique que des cris de joie, venus de l'extérieur, ont vite éteint.

- C'est Markussi ! C'est Markussi ! s'est écriée Mipoulouk en bondissant hors de l'igloo. Croolik répétait « c'est impossible… impossible… » tandis que Saya souriait. L'espoir était revenu.

Chapitre 19

Les retrouvailles

Le campement, si morne depuis trop long-temps, était maintenant plein de rires, d'exclamations, d'aboiements et même de pleurs de soulagement. Ils avaient tous accouru, les hommes, les femmes et les enfants. Ils félicitaient mes amis, les remerciaient et posaient mille questions.

Profitant du brouhaha, Poutoulik a conduit Apik un peu à l'écart.

- Toi et Markussi, vous êtes mes meilleurs amis.

Il allait parler de leur avenir, j'en étais certain.

- Les meilleurs qu'on puisse espérer, a continué Poutoulik. Je suis sincère.

J'étais inquiet et je me faisais discret.

- Apik, je pense que toi et moi, on ne devraient plus être liés par une promesse faite quand on étaient des enfants.

J'ai failli couiner de bonheur.

- Non, ne dis rien, Apik. Je comprends et je suis d'accord.

Là-dessus Poutoulik a quitté Apik. Ses parents l'attendaient impatiemment. Ils étaient si heureux de retrouver leur jeune fille ! Je crois même avoir vu son père, essuyer une larme. Je me demandais comment ils allaient réagir à l'annonce des grands changements concernant Apik et Poutoulik.

- Mais vous avez été promis quand vous étiez enfants, s'est objectée Jiniak.

- Les traditions, c'est bon, maman, mais c'est aussi important d'écouter son cœur.

Apik avait affirmé cela calmement avec beaucoup de conviction et de chaleur. J'étais vraiment fière d'elle. Jiniak et Kauji se sont regardés puis ont serré Apik dans leur bras. C'était gagné !

Comme tout allait pour le mieux du côté d'Apik, j'ai décidé de reprendre mes habitudes d'avant le voyage et de trottiner à travers le campement. Cela m'a permis d'assister à des retrouvailles touchantes.

Poutoulik se tenait devant le chef Itak et lui tendait sa carabine.

- Tiens, père.

- Elle t'appartient maintenant, mon fils. Tu as prouvé que tu es un vrai chasseur.

Si j'avais pu me faire comprendre du chef Itak, j'aurais ajouté que Poutoulik n'était pas seulement un bon chasseur, mais aussi un jeune homme courageux au cœur généreux.

- Merci, ça me sera utile tout au long de mes voyages.

- Tes voyages ? Poutoulik, tu ne vas pas déjà repartir ?

- J'ai découvert ma voie. Je veux apprendre des autres peuples. Comme ça, je deviendrai un meilleur Inuk et quand je reviendrai, je serai un meilleur chef.

Itak a donné une vigoureuse tape sur l'épaule de son fils en guise d'approbation. Il était ému, ça se voyait. Mais un chef est un chef !

Un peu plus loin, Mipoulouk s'envolait dans les bras de son grand frère et son rire fusait, léger comme un oiseau. Ils se sont frotté le bout du nez, et moi j'étais content.

J'aime bien cette façon de s'embrasser. Si jamais je retourne parmi les miens, je leur apprendrai.

- Markussi, tu m'as manqué, a dit Mipoulouk les larmes aux yeux.

- Je ne te laisserai plus jamais. Promis ! Mais… Où est Saya ?

Mipoulouk lui a tout raconté. Markussi est allé chercher Apik et Poutoulik qui m'a ramassé au passage. Aucun d'entre eux ne croyait Saya coupable. Moi non plus d'ailleurs.

Quand nous sommes arrivés, près du misérable igloo, Croolik en bloquait l'entrée. J'ai tout de suite compris que cette rencontre serait fatale. Mais pour qui ?

L'ultime confrontation

- Markussi ! Maudit imposteur ! Ôte-toi de là. Tu obstrues ma vue !

- J'obstrue ta vue ? C'est la méchanceté qui t'aveugle, Croolik.

Le vieux chamane devait savoir, dans son for intérieur, que Markussi avait raison. Alors, il a cherché la complicité de Poutoulik.

- Poutoulik, qu'est-ce que tu fabriques avec ce rat puant ? Viens plutôt me rejoindre.

J'étais toujours sur l'épaule de Poutoulik. Les paroles de Croolik, prononcées d'une voix mielleuse, tombaient sur moi, aussi collantes que les fils d'une toile d'araignée.

- Tiens! Reprends ton pendentif envoûté, a-t-il répondu en lançant l'horrible gri-gri au pied du chamane. Il n'a plus aucun pouvoir.

- Mais moi, je suis puissant! Je suis le chamane. Les esprits sont avec moi.

- Combien de fois as-tu essayé de me tuer et combien de fois as-tu échoué? lui a demandé Markussi. Pour ton plus grand bien et celui de tous, retire-toi Croolik. Tu es devenu un faux chamane.

- Non, non, non! Nous allons régler ça maintenant, face à face!

Y avait-il encore une chance d'éviter ce combat? Apik l'espérait parce qu'elle s'est interposée.

- Laisse tomber, Markussi. Il n'en vaut pas la peine.

- Non, Apik. Sedna m'a dit : « Un chamane saura ce qu'il doit faire. » Maintenant, je saisis ce qu'elle voulait dire.

Et l'ultime confrontation a commencé.

Croolik a levé son bâton de magie au-dessus de sa tête et invoqué l'Esprit du Mal.

Son bâton de magie luisait et se tortillait, se métamorphosant en serpent de mer, la gueule ouverte sur des crocs venimeux. Croolik l'a lancé sur Markussi avec une animosité surhumaine.

D'un geste précis Markussi a projeté un éclair lumineux sur le serpent qui s'est pulvérisé.

De toute évidence, Sedna protégeait notre jeune chamane. Moi, je considérais que c'était bien assez et que Croolik aurait dû comprendre qu'il n'était pas de taille. Mipoulouk était allée chercher Saya. Nous attendions anxieusement la suite des évènements.

- Alo-ak, oo-manuk, isi-pilo, olimatsakay ! Toongaaluk, Esprit du Mal et Dieu des tempêtes, venge-moi ! Donne la mort à cet impertinent. Détruis-le ! Tue-le !

Pendant ces incantations, mes yeux étaient rivés sur les mains de Croolik. Elles tournaient, tournaient l'une sur l'autre dans un mouvement qui ressemblait à celui d'une tornade.

Soudainement un remous s'est formé au creux de ses mains et il l'a jeté sur le sol comme une semence. La tempête a germé, s'est élevée en un immense tourbillonnement. Avant même que nous ayons pu réagir, la tornade avait emporté Markussi.

- Noooon !

À la longue plainte d'Apik, Croolik a répondu par un rire démoniaque. Mais le tourbillon de cendres a foncé sur lui et l'a engouffré à son tour. À ce moment-là, nous avons tous réalisé que ce combat était celui du bien contre le mal.

- La tempête va le tuer, pleurait Mipoulouk.

- Un vrai chamane peut maîtriser une tempête, l'a rassurée Saya.

C'était difficile à croire. Moi-même j'imaginais le pire.

Alertés par l'énorme nuage gris, presque tous les membres du clan appréhendaient maintenant le dénouement de cette confrontation. Du cœur de la tornade nous parvenaient des cris de douleur et de rage. Parfois des éclairs jaillissaient et nous aveuglaient. Nous nous tenions en grappe pour ne pas être emportés par la force d'attraction de la gigantesque tornade.

Il y a eu un dernier rugissement terrifiant, suivi d'un silence tout aussi angoissant. Qui était le vainqueur ? Qui était le vaincu ? Dans le ciel qui s'éclaircissait, Markussi nous est apparu, indemne. Il a atterri doucement devant nous, soutenu par une force invisible. Et le clan tout entier a lancé des cris d'allégresse.

Croolik gisait un peu plus loin, le corps brisé par la bataille.

- Saya… Saya…

Sa voix avait perdu toute agressivité.

La guérisseuse s'est agenouillée près de son ancien mari.

- Ne dis rien…

Mais Croolik avait un aveu à faire, je l'espérais de tout mon cœur.

- C'est moi qui ai volé le lièvre. Je te demande pardon.

Le chef Itak a accusé le choc. Il s'en voulait sûrement d'avoir condamné injustement Saya à tant de souffrances. Mais la vieille femme, elle, semblait avoir pardonné depuis longtemps au voleur et à ceux qui l'avaient mal jugée.

Le vieux chamane a poussé un dernier soupir et Saya a fermé délicatement ses paupières.

- Fais de beaux rêves, Croolik, a-t-elle murmuré en croisant les mains du défunt sur sa poitrine.

Markussi s'est approché à son tour avec un peu de neige fondue dans sa main.

- Tu n'as pas connu le bonheur sur cette terre.

Il a fait tomber quelques gouttes entre les lèvres de Croolik.

- Que la douceur de cette eau fraîche inspire ta renaissance dans l'autre monde.

Depuis le début de cette histoire, je vous ai répété que je n'aimais pas Kouatak. Pourtant le croassement qu'il a poussé avant de s'envoler, en emportant le pendentif de son maître, m'a brisé le cœur. Lui non plus n'était peut-être pas si mauvais après tout…

Chapitre 21

Le festin

Vous imaginez sans peine combien tous les membres du clan avaient hâte de festoyer. Markussi les avait cependant conviés à une cérémonie de réconciliation autour d'un trou d'air. Le clan l'attendait, mais moi (vous connaissez ma curiosité), je l'ai suivi. Il marchait sur la banquise et ramassait des petits os. Vraiment je ne voyais pas l'intérêt. Mais je me taisais comme un bon apprenti.

Markussi mettait les os trouvés dans une peau qui lui servait de sac. Arrivé au trou d'air, il s'est agenouillé et s'est concentré un bon moment. Quand il a déplié la peau, tous les petits os s'étaient réunis pour former le squelette d'un bébé phoque.

Avec beaucoup de respect, Markussi a soulevé le squelette et l'a laissé glisser dans l'eau.

- Sedna, accepte notre offrande.

J'ai fermé les yeux. J'imaginais la petite forme qui coulait dans les profondeurs de la mer quand la voix de Sedna est arrivée jusqu'à nous.

- Merci, Markussi. Je pardonne à ton clan. Longue vie à son nouveau chamane !

Sur ce, un petit phoque tout blanc a pointé sa drôle de tête dans le trou d'air comme pour appuyer les propos de la déesse.

- Nous avons réussi ! a dit Markussi avec beaucoup d'émotion.

- Non, chamane : tu as réussi, l'a corrigé amicalement Poutoulik.

Les acclamations ont fusé de toute part et le chef Itak a donné rendez-vous à son clan dans le grand igloo.

Tout avait l'air si bon! Tout était tellement coloré! Bien sûr, j'appréciais plus particulièrement les baies sauvages, les fruits et les légumes. Les Inuits, eux, se régalaient de pièces de viande et de chair de poisson. D'ailleurs les couleurs n'étaient pas uniquement dans les plats... Les membres du clan étaient enfin rassasiés et leur joie rayonnait, aussi colorée qu'un arc-en-ciel. Ils étaient redevenus eux-mêmes.

Entre deux bouchées, Poutoulik et Markussi répondaient aux nombreuses questions et racontaient les parties les plus palpitantes de notre aventure. Markussi en était rendu à l'avalanche.

- Nous étions complètement ensevelis sous la neige et nous commencions à suffoquer.

– Alors, comment vous en êtes-vous sortis ? a demandé Arlok. Vous avez creusé un tunnel jusqu'à la surface ?

Je suis certain que cela vous avait intrigué, vous aussi.

– C'était impossible ! a répondu Poutoulik. Comment savoir dans la noirceur où étaient le haut et le bas.

– Nous avons entendu Kimi qui grognait comme un phoque. Alors nous avons creusé dans sa direction, a continué Apik.

Je dois préciser que moi-même je peinais à me dégager un chemin vers l'air libre. Alors je criais le plus fort que je pouvais pour guider mes amis. Heureusement que j'ai dans mes gènes l'expérience de centaines de générations vivant sous la neige.

– Nous devons notre vie à cette petite boule poilue, a plaisanté Markussi en me soulevant triomphalement. Vive Kimi !

Je lui ai dit pour le taquiner : « Attention, Markussi, la boule poilue griffe et mord aussi. » Évidemment tous les autres humains n'ont entendu que « Eeeeeek ! Eeeeek ! Eeeek ! Eeeek ! » et m'ont trouvé très drôle.

À ce moment-là, Kouatak a surgi dans l'igloo. En deux coup d'ailes, il s'est posté devant Markussi et, croyez-le ou non, il a roucoulé.

- Il essaye de te séduire, chamane, a lancé Arlok.

J'ai eu peur l'espace d'un quart de seconde.

- Je n'ai pas besoin de Kouatak. J'ai déjà un assistant talentueux pour me seconder.

Et Markussi m'a pointé du doigt. J'étais si heureux, si heureux ! C'est ce que je désirais depuis ma première rencontre avec Markussi.

- Alors qu'allons-nous faire de Kouatak ? a questionné le chef Itak en riant.

- Ma femme a une très bonne recette de ragoût de corbeau.

Arlok avait l'esprit vif ! Je n'avais pas encore eu l'occasion d'apprécier son sens de l'humour. Kouatak, lui, n'a pas goûté la farce. Il est reparti comme il était venu, pourchassé par les moqueries du clan.

Épilogue

Dans les jours qui ont suivi, les animaux sont revenus sur le territoire. Tayara, la femme d'Itak, a mis au monde un bébé en bonne santé, Saya à ses côtés. Poutoulik a préparé son grand voyage sous l'œil admiratif de son père.

Dans les semaines qui ont suivi, Mipoulouk riait de plus en plus souvent et Kajuk grandissait en même temps que sa jeune maîtresse. Les chasseurs rapportaient du gibier. Les femmes apprêtaient la viande, nettoyaient les peaux et cousaient des vêtements. Saya soignait les membres du clan et enseignait son art à Mipoulouk.

Markussi faisait le ménage dans la hutte du chamane, jetant et brûlant tout ce qui pouvait être maléfique. Il comptait s'y installer, dans un avenir pas trop lointain, avec Apik et Mipoulouk.

Quant à moi? Eh bien, j'ai aidé un peu tout le monde du mieux que je pouvais et j'ai étudié mon rôle d'assistant aux côtés du nouveau chamane.

Au début du printemps, alors que je m'étais éloigné du campement en quête de lichen, j'ai rencontré un vilain corbeau nommé Kouatak. Il volait bas, complètement déprimé. Comme il m'a semblé tout à fait inoffensif, je l'ai invité à boire un peu de neige fondue. Nous avons jasé. Oui, je parle corbeau maintenant et plusieurs autres langues animales. Vous rappelez-vous cette source sûre inconnue de renseignements dont je devais vous dévoiler l'identité plus tard? Eh oui, c'était Kouatak lui-même. C'est autour d'une petite flaque d'eau qu'il m'a révélé tout ce que Croolik avait manigancé contre Markussi.

J'ai cru que Kouatak regrettait sincèrement ses mauvaises actions. Pourtant, quand je lui ai proposé de faire soigner son cœur blessé par Markussi, il a éclaté d'un croassement rempli de perfidie. Puis, avant même que j'aie pu réagir, il s'est envolé, laissant tomber quelques plumes d'un noir bleuté.

Je les ai recueillies en me disant qu'à défaut d'un corbeau repenti, ses plumes pouvaient servir à quelque chose de bien.

Voilà comment j'ai pu écrire la merveilleuse aventure que mes amis et moi avons vécue au pays mythique de Sarila.

Maintenant, chaque fois que je contemple une aurore boréale, je songe que la beauté du Grand Nord, c'est magique!

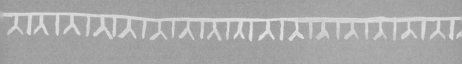

A ÉTÉ ACHEVÉ D'IMPRIMER SUR LES
PRESSES DE FRIESENS